TWEE VROUWEN

Harry Mulisch

Twee vrouwen

2021
DE BEZIGE BIJ
AMSTERDAM

Eerste druk oktober 1975
Eenendertigste druk maart 2021
Omslagontwerp Brigitte Slangen
Omslagbeeld Tina Kazakhishvili
Foto auteur Paul Levitton
Vormgeving binnenwerk CeevanWee, Amsterdam
Druk- en bindwerk Wilco, Amersfoort
ISBN 978 94 031 5650 7
NUR 301

debezigebij.nl
mulisch.nl

... weer doorsidderde mijn hart
Eros, zoals de wind op de bergen in eiken valt.

SAPPHO

Er zijn mij een paar dingen overkomen, – niet alleen de dood van mijn moeder.

Eergisteren had ik tot diep in de nacht in mijn werkkamer gezeten en een fles wijn gedronken; plotseling bedolf de vermoeidheid mij, zoals een gedropte parachutist wordt bedolven door zijn parachute. Van het ene ogenblik op het andere kon ik niet meer uit mijn ogen kijken. Ik liet alles zoals het was, deed het licht uit en ging beneden de voordeur op het nachtslot doen. In de brievenbus lag een telefonisch oproepbericht – uit Nice. Ik begreep het meteen. Het tehuis had deze manier gekozen om het in etappen aan mijn verstand te brengen. Eerst zou ik er alleen maar bang voor zijn, aldus voorbereid zou ik het door de telefoon te horen krijgen. Zonder de deur op slot te doen ging ik naar boven en belde op. Hoewel het al bijna vier uur was, kreeg ik dadelijk antwoord: ja, zij was dood. De vorige middag, vertelde de directrice (haar bliksemsnelle stem door Frankrijk, België, Nederland), was zij in het park in slaap gevallen en niet meer wakker geworden. In de loop van de avond was haar hart opgehouden met kloppen. Zij had niet geleden.

Hoe wist zij dat? Zij bedoelde dat zij zelf niet had geleden. Ik was op slag wakker en nuchter. Ik kende dat park, de Jardin du Roi Albert I, vijftig meter van zee. De branding is niet meer hoorbaar en er hangt een gefilterde stilte, die zich elke middag vult met oude dames en heren uit alle delen van de wereld. Onder de schaduw van de bomen zitten zij te vereeuwigen in het ruisen van de fonteinen, overal op het gras en de paden, in elkaar gezakt, al veel te veel aangetrokken door de aarde, in ijzeren stoeltjes van de gemeente of in linnen klapstoelen, soms naast een bank, waarop een verpleegster een boek leest. Sommigen al achterover in ligstoelen, met een plaid over hun schoot, waarop hun handen rusten. Om hen heen wandelen moeders met kinderen, die zij niet meer zien; zij kijken omhoog in het heldere, doorzichtige groen van de platanen: in de bevende blaadjes zien zij taferelen, die voorgoed uit de wereld zullen verdwijnen met hen. Al die herinneringen, die zich in dat lover daar hebben afgespeeld! Scènes in herenhuizen, in serres, op bal masqués, op huwelijksreis in Baden-Baden!

Onder dat dak van beelden was zij voorgoed ingesluimerd. Ik zei dat ik morgen het eerste vliegtuig zou nemen, legde de hoorn op de haak en keek naar buiten. Een paar jaar geleden was zij naar Nice gegaan om dit te laten gebeuren. Drie maanden geleden had ik haar voor het laatst gezien, zonder afscheid te nemen waren wij uit elkaar gegaan. Wat er toen had plaatsgevonden, moet het begin van haar dood zijn geweest, die nu kwam als een bezegeling.

De regen sloeg scheef door het licht van de lantarens in de zwarte gracht. De straatstenen leken natter dan anders wanneer het regent. Moest ik nu naar bed gaan en dan net zo achterover liggen als mijn moeder daarginds? Ik merkte, dat ik al aan het rekenen was. Als ik meteen in mijn auto stapte, kon ik er de volgende avond zijn. Mijn moeder lag *koud* achterover, haar marmeren gezicht zo wit als haar haren, die misschien los zaten en over het witte kussen waren uitgespreid, zoals bij iemand die valt, wat een oud jong meisje van haar maakte; haar witte handen onlosmakelijk gevouwen op het witte laken. Of misschien al ergens in een donkere kelder, een laken van haar tenen tot de punt van haar neus, met een grommende ventilator, want het was een hete augustusnacht.

Ik trok de kleine koffer van de kast in mijn slaapkamer en

begon te pakken. Eens had zij gezegd, dat zij in Zuid-Frankrijk begraven wilde worden, bij die Provence, waarover haar man dat beroemde boek had geschreven, waarin de liefde nog eens wordt uitgevonden, en dat zij vermoedelijk nooit gelezen had. Zij wist een kerkhof in St. Tropez, dat over de zee uitzag, – dat moest geregeld worden, althans geprobeerd, want lukken zou het wel niet. Ik stak cheques, autopapieren en paspoort bij mij en nam mijn regenjas van de kapstok. In het portiek deed ik nu de voordeur van de buitenkant op het nachtslot. Ik dacht: als er een klein beestje in het slot zit, een jong miertje, gevlucht voor de bui, dan is het nu door het mechaniek vermorzeld.

Op de verlaten gracht hief ik mijn brandende ogen even op naar de regen. Verderop in de stad, waar de bars en nachtclubs sloten, was getoeter en geschreeuw. Ik voelde iets van opwinding over de buitenlandse reis, die ik zo onverwacht ging maken. Ook het binnenste van de auto scheen mij enigszins verbaasd te ontvangen, op dit uur.

Eenmaal ben ik van huis weggelopen, ik was tien jaar. Niet omdat er iets onaangenaams was gebeurd, of omdat de toestand mij op een andere manier bedrukte, maar omdat ik plotseling weg wilde, misschien was het een bepaalde geur in de lucht, of een witte stapelwolk aan de horizon. Ik haalde mijn fiets uit de schuur en fietste de stad door, richting zon, vastbesloten om nooit terug te komen. In de weiden reed ik door dorpjes waarvan ik de namen kende maar waar ik nooit geweest was. Het was zomer, dat wil zeggen een zomer in de jeugd, dus een warme zomer, en een eindeloze warme dag daarin. Ik fietste het ene uur na het andere, terwijl de ruimte om mijn lichaam steeds wijder werd, zoals wanneer ik een jurk van mijn moeder had aangetrokken. Weg wilde ik, weg. Maar wanneer kwam ik daar eindelijk eens aan? Ja, ik geloof dat ik toen op een of andere manier dacht, dat men in 'weg' kon aankomen, dat dat een plek was, net als het huis waarin ik woonde. Ver kon Weg nu toch niet meer zijn, ik fietste al de halve middag, de straat onder mijn voorband vervloeide tot een grauwe rivier van steen. Maar de dorpjes bleven elkaar opvolgen, steeds lag er weer een ander aan de horizon. Ten slotte werd ik slap en duizelig van honger en dorst, maar ik had geen geld bij me. Ik had gedacht, dat dat ter plekke wel in orde zou komen. In een dorp stapte ik af bij een groentekar en wachtte tot de groenteman met zijn rug naar mij toe stond te praten met een vrouw. Snel rukte ik een wortel uit het bosje. Maar misschien had de vrouw het gezien, in elk geval greep de groenteman meteen daarop mijn stuur vast.

'Stelen?' riep hij. 'Mag jij stelen? Hoe heet je?'

'Henny,' zei ik.

'Henny hoe?'

'Henny Hoenderdos, meneer.'

'Waar woon je?'

'Helemaal in Leiden.'

'Mooi is dat. Maak dan maar gauw dat je thuiskomt, anders zal ik het aan je moeder vertellen.'

De wortel werd uit mijn hand genomen en op de kar teruggelegd. Ik gaf het op. Wie weet hoe ver weg Weg nog weg was. Ik keerde om en ging langs dezelfde route naar huis terug. De dag straalde nog steeds, en honger en vermoeidheid rekten nu iedere minuut uit tot een uur. Ik geloof dat ik onder hypnose raakte. De stenen cataract onder mijn voorband kwam geleidelijk overeind en verticaal moest ik daar tegenop fietsen. Toen ik Leiden naderde, was het of ik stilstond en met mijn pedalen de hele aarde onder mij aan het rollen moest brengen.

Thuis was de tafel nog niet eens gedekt voor het avondeten. Achter elkaar verslond ik vier appels van de fruitschaal, met klokhuis en al.

'Waar ben je geweest?' riep mijn moeder uit de andere kamer.

'Bij een vriendje.'

'Wie?'

'Henny Hoenderdos.'

Zij had niet eens gemerkt dat ik weg was geweest, en nog wel voorgoed.

Hoe ver van huis ik sindsdien ook ben gekomen, nooit was het zo ver als ik toen voor ogen had. Blijkbaar had ik nog niet echt begrepen, dat de aarde rond is: dat dat Weg, waar ik wilde aankomen, in het uiterste geval mijn ouderlijk huis kon zijn. Maar als vanzelfsprekend was ik naar het zuiden gefietst, het kwam niet in mij op naar het noorden, richting Haarlem te gaan. Noord, zuid: altijd ben ik mij vaag bewust van die twee windstreken. Als ik ze kwijt ben, bepaal ik ze soms met mijn horloge, op de manier die mijn vader mij heeft geleerd. De kleine wijzer moet op de zon gericht worden; de deellijn van de hoek, die de kleine wijzer dan maakt met de 12, wijst naar het zuiden.

'Begrijp je wel?' Mijn vader glimlachte, op de veranda, en bleef mij aankijken, alsof hij het begrip met zijn blauwe ogen in mij wilde planten. 'Om twaalf uur wijst de kleine wijzer naar het zuiden, maar verder moet je in rekening brengen dat de wijzerplaat een hele cirkel is, terwijl de zon een halve beschrijft.'

Al bij zijn troubadours nu. *Mortz es lo reys.* Ergens daarboven, in Les Baux, op die zacht hellende vlakte die over de Provence uitkijkt, dwalend tussen de ruïnes die Richelieu daar heeft aangericht van de poëzie.

Ik geloof dat ik zelfs op een andere, betere manier van mijn keuken naar mijn zitkamer ga dan van de zitkamer naar de keuken, – niet omdat het de keuken is, want ik heb geen hekel aan de keuken, maar omdat zij op het noorden ligt. Op vakantie weet ik altijd waar het zuidelijkste punt van mijn tocht is. In Nice, op bezoek bij mijn moeder, zwom ik de laatste dag altijd extra ver de zee in, tot ik al lang geen grond meer voelde en dacht: dit is het zuidelijkste punt, van nu af begint de terugreis.

Dat de zon van links naar rechts gaat, als ik met mijn gezicht naar haar toe sta, is ook zoiets. Wel vergeet ik dan altijd, dat links het oosten heet en rechts het westen; ik moet snel denken: *Het daghet in den oosten,* dan weet ik het weer, want waar de zon opkomt vergeet ik nooit. Aan mensen die onder de evenaar zijn geweest, vraag ik soms of zij het niet vreemd vonden dat de zon daar van rechts naar links gaat, dus tegen de wijzers van de klok in. Maar nog nooit heeft iemand geantwoord: 'Ja, allicht.' Nog nooit schijnt het iemand opgevallen te zijn – terwijl ik, onder verdoving naar het zuidelijk halfrond ontvoerd, binnen een half uur aan de beweging van de zon zou merken, dat ik daar was. Sommigen denken dat ik bedoel, dat de zon beneden de evenaar in het westen opkomt en in het oosten ondergaat. Wat raadselachtig, dat zo weinig mensen een orgaan hebben voor dat soort dingen. De beweging van de zon van links naar rechts, via het zuiden, is in mijn lichaam geplant als het metalen kruis in een gietvorm.

Henny Hoenderdos zat op de lagere school bij mij in de vierde klas. Waarom gaf ik juist zijn naam op aan de groenteman, die aan het eind van mijn vlucht stond? Het was niet omdat ik een hekel aan hem had; weliswaar had ik een hekel aan hem, maar daarvoor ging het te vlug. Zijn naam kwam uit mijn mond alsof het vanzelf sprak, alsof ik zelf zo heette.

Drie weken geleden kwam ik hem voor het eerst weer tegen. Ik zat op de treden van het monument op de Dam, tussen een paar honderd jongens en meisjes, die nauwelijks ouder waren dan ik in de dagen van mijn vlucht was. Alleen, zij hadden doorgezet, zij waren uit alle windstreken gekomen om zich midden in Amsterdam tot deze fantastische, kleurige groep te formeren. De witte pyloon, waar zij omheen zaten en lagen, was werkelijk zoveel als het gelokaliseerde Weg. Hier en daar werd op gitaren getokkeld en zacht op een fluit gespeeld, en ik hoorde daar natuurlijk helemaal niet bij. Ik moet een belachelijke indruk hebben gemaakt, ik was vermoedelijk zelfs ouder dan de politiemannen, die hen vanuit een blauwe overvalwagen in een zijstraat in de gaten hielden. Ik was die middag tussen hen gaan zitten omdat ik niet meer wist hoe ik voor- of achteruit moest in mijn leven. In de middeleeuwen bestond het bijgeloof, dat een man zijn syfilis kon genezen door met een maagd te slapen, – op een dergelijke manier dacht ik, door tussen die jonge mensen te zijn, iets van hun kracht en vrijheid in mij op te nemen. De zon scheen op het paradijselijke eiland, omgeven door het kolkende verkeer met zijn stank en driftaanvallen, en het was alsof mijn probleem geleidelijk onpersoonlijker werd. Het gevoel, dat ik voor iemand koesterde, wapperde los in de wind, als een gescheurd zeil; die middag, op die windstille atol, leek het soms of het eindelijk naar beneden kwam, zodat ik het kon grijpen en vastbinden.

De man van middelbare leeftijd, die al een tijdje op de stoep aan de overkant naar mij had staan kijken, stak nu over en kwam recht op mij af. Hij droeg een ouderwets soort windjack op een donkerbruine broek, die kennelijk bij een kostuum hoorde; het was duidelijk, dat hij niet altijd zo gekleed ging.

'Ben je het nou of ben je het niet?' vroeg hij en keek op mij neer.

Dat bleke, rossige haar!

'Henny Hoenderdos,' zei ik, maar ik stond niet op. Knikkend keek ik omhoog. Op zijn gezicht was geen lach, op het mijne even min.

We hadden lijntekenen en meneer Verheul was bezig een rare figuur op het bord te zetten: een grote cirkel of bol, waaruit een verticale cilinder ontsprong. Henny Hoenderdos, aan de andere kant van het middenpad, keek lachend opzij. Ik boog mij naar hem toe en fluisterde:

'Het lijkt wel de pik van Verheul.'

Meteen stak hij zijn vinger op.

'Meneer?'

'Ja, Hoenderdos?'

'Zij zegt iets geks.'

'Wat dan?'

'Dat kan ik zo niet zeggen.'

'Fluister het dan in mijn oor.'

Henny ging naar voren en begon achter zijn hand in Verheuls oor te fluisteren. Onderwijl keek Verheul mij aan en ik zag zijn ogen veranderen. Hij stond op en deed de deur open.

'Kom jij eens op de gang.'

Hij deed de deur achter mij dicht, kruiste zijn armen en bekeek mij zwijgend, waardoor hij mij op een onaangename manier bewust maakte van zijn geslachtsdeel in zijn grote hollandse broek.

'Heb jij dat echt gezegd?'

'Ja meneer.'

'Weet jij wel wat dat betekent?'

Wat bedoelde hij daarmee? Natuurlijk wist ik wat een pik was, al had ik er zelf geen. Plotseling kreeg ik het gevoel, dat Henny hem iets heel anders had ingefluisterd dan ik gezegd had, maar ik durfde er niet naar te vragen.

'Ja meneer.'

'Ga dan maar naar meneer Donker.'

Tussen de jassen op de verlaten gang liep ik naar de zesde klas, waar het hoofd van de school les gaf.

'Ja, wat is er?' vroeg hij afwezig.

'Ik heb iets raars gezegd tegen meneer Verheul,' zei ik, terwijl de grotere meisjes en jongens geringschattend grinnikten.

'Naar juffrouw Borst,' zei Donker zonder op te kijken.

Juffrouw Borst gaf les in de tweede klas; daarvoor moest ik de geelgeschilderde trappen op.

'Wat moet je?'

'Ik moest van meneer Donker naar u toe.'

Onder het gegiechel van de kleine kinderen stak Borst haar slagershand op en begon langzaam te wenken met haar dikke wijsvinger. Ik stapte op het houten podium, kneep mijn ogen dicht en kreeg op hetzelfde ogenblik een harde draai om mijn oren.

'En maak dat je wegkomt. Laat het niet weer gebeuren.'

Zij wist niet eens wat er gebeurd was, als beul had zij daar trouwens niets mee te maken.

Tevreden, zijn handen in zijn broekzakken, keek Henny naar mijn rode wang toen ik in de klas terugkwam.

'Henny...' zei hij. 'Dat heb ik lang niet gehoord.'

'Is het tegenwoordig Henk?'

Hij ging er niet op in.

'Pleeg je tegenwoordig hier te zitten?' vroeg hij.

'Ja, is daar wat tegen?'

'Tussen dat hasjtuig.'

'Ben je tegenwoordig van de politie, Henny?' Met mijn hoofd duidde ik naar de getraliede overvalwagen.

Hij keek om zich heen, waarbij hij een trekkende beweging met zijn hals maakte, alsof zijn boord te strak zat; maar het bovenste knoopje stond open.

'En jij?' vroeg hij.

'Hoe bedoel je?'

'Wat is jouw beroep?'

'Ik ben conservator, in een museum. En jij?'

'Ook zoiets.'

Hij was nog steeds dezelfde, nog steeds ondoorzichtig en achterbaks.

'Moet je nog wel eens kalkoenen vasthouden?' vroeg ik.

Met opgetrokken wenkbrauwen keek hij mij aan. Ik zei verder niets. Als hij ondoorzichtig wilde zijn, ik kon het ook. Met genoegen zag ik, dat ik hem een beetje in verwarring had gebracht. Hij keek op zijn horloge.

'Ja, je hebt het natuurlijk druk,' zei ik. 'Laat je door mij niet ophouden.'

Hij keek mij een paar seconden aan, knikte toen en ging zonder een woord weg. Ik keek hem na toen hij overstak, nog eens overstak en ten slotte in de verte langs het paleis verdween – waarschijnlijk voorgoed mijn leven uit.

De ontmoeting beviel mij niet, ik voelde mij plotseling onrustig. Waar stuurde hij mij nu weer heen?

Eens had mijn moeder water opgezet voor thee, maar wat later zei mijn vader, dat hij eigenlijk liever koffie had. 'Goed,' zei mijn moeder, goot het kokende water in de gootsteen en zette nieuw water op. Ik rolde over de vloer van het lachen, maar mijn vader zei, dat hij wel wat zag in een streng onderscheid tussen theewater en koffiewater:

'Het zou best kunnen, dat de koffie anders een beetje naar thee smaakt.'

Ik probeerde aan mijn moeder te denken, maar ik dacht niet aan haar, ik maakte mijzelf niets wijs. Ik greep haar dood aan, ik bedoel, ik was in zekere zin blij dat ik plotseling iets aan mijn hoofd had waarvoor ik het land uit moest en waardoor ik minder aan iets anders kon denken. Toen het licht begon te worden, was ik al over de grens. Ik had ook de achtbaans glijbanen rond Antwerpen achter mij gelaten (nat en leeg: zondag) en voorbij Gent reed ik tussen de eerste heuvels. Waar de heuvels beginnen, houdt Holland op, het mensenwerk, de beheersing: daar begint de wereld, het gegevene. Op dat punt, waar de moraal overgaat in de natuur, maakt zich van mij altijd een ernst meester van een soort, die ik in Holland niet ken. Zij verrijst in mij zoals om mij heen de aarde zich verheft. Ook in mij komt zij omhoog uit dieper, harder, aanvankelijker lagen, – in Amsterdam door honderd meter modder overdekt.

Die bouwputten in Amsterdam! Sidderende pompen, die het grondwater tussen de druipende, ijzeren damwanden vandaan moeten houden; arbeiders, die in de diepte tot hun knieen door het slijk baggeren; de betonnen palen, die in de trog gestampt moeten worden omdat het gebouw anders ieder jaar een verdieping verder weg zou zakken in de blubber, net zo lang tot Holland zich soppend en borrelend boven het dak zou sluiten. Wanneer de beschaving vervalt, zullen geen toeristen onze trotse ruïnes kunnen bewonderen, Amsterdam zal verdwijnen zoals aan het strand de zandkastelen van de kinderen, wanneer de vloed opkomt.

Onder het raam van de kamer, waarin ik nu zit te schrijven, ligt ook een bouwput. Tientallen mannen met alleen schoenen en korte broeken aan, gele helmen op hun hoofden, breken met pneumatische hamers een gat in de rots, dat nu honderd meter lang is, vijftig meter breed en twintig meter diep. Het strekt zich uit tot vlak bij het huis, nog geen anderhalve meter is er overgelaten. Vroeger moet het een plein zijn geweest. Loeiende bulldozers schoffelen als tyrannosauriërs het puin op en laten het uit hun gebit in vrachtwagens bonken, die er langzaam mee wegrijden door wolken geel stof. Ik denk dat het kalksteen is. In dat brullende ravijn schijnt de zon.

Gelukkig is het geschrevene iets dat hoorbaar is zonder gehoord te hoeven worden. Zelfs het bescheidenste woordje dat ik neerschrijf, het woordje *zwijgen* bij voorbeeld, overstemt het inferno in die stenen put.

Zwijgen.

'Denk er om,' zei ik, misschien tien minuten nadat ik haar had aangesproken, 'ik ben niet iemand die veel spreekt.'

'Ik ook niet,' zei zij.

Wat bezielde mij? Het was een soort verklaring dat iemand in de stationsrestauratie aflegt, waar hij een andere stakker ontmoet die op zijn huwelijksadvertentie heeft gereflecteerd, wanneer van meet af de opzet bestaat om bij elkaar te blijven. Ook zij voelde blijkbaar dat het geen gewone ontmoeting was – zelf had ik het al aan haar rug gezien.

Ik had brood gekocht. Het was zaterdagmiddag, een dunne februarizon scheen op de stad. Aan de overkant van de straat zag ik haar voor de etalage van een juwelier. Ik bleef staan. Ik keek naar haar rug en haar achterhoofd en haar kuiten, die in felrode laarzen staken, en vroeg mij tegelijk af waarom ik bleef staan en er naar keek. Het was of alles in de straat vaag was geworden en vervormd, zoals op een bepaald soort foto's, terwijl alleen dat meisje in het midden scherp was gebleven. Niet dat haar achterkant zo mooi was: haar haren waren mooi los opgestoken, maar haar rug was iets te lang, haar heupen te smal en haar benen niet zo recht als over het algemeen graag wordt gezien. Maar alles week af van het ideaal in een richting, die op een of andere manier precies in *mij* paste. Het lichaam van een mens bestaat uit mededelingen; over de ogen en de mond is iedereen het eens, en over de handen, maar ook de voeten en de nek en de kuiten spreken een taal, die niet liegen kan. Sla het hoofd en de armen er af, dan nog is het een ideale boodschap, die in het Louvre thuishoort.

Ik stak over. Ik hijgde plotseling een beetje. Nooit eerder had ik zo duidelijk het gevoel, van de ene seconde op de andere, dat ik bezig was met iets dat mijn leven ging veranderen. Ik had nognooit iets met een vrouw gehad, en op dat moment realiseerde ik mij nauwelijks, dat ik hard op weg was. Vermoedelijk dacht ik op dat moment nog, dat ik mij liet meeslepen door een of ander platonisch, kunsthistorisch gevoel, afkomstig uit de boeken.

'Zou je die stenen ook mooi vinden als ze niet duur en zeldzaam waren?'

Ik was naast haar gaan staan. Mijn hart bonkte. Verbaasd en geschrokken keek zij mij aan, op hetzelfde moment verdwenen de vlaagjes angst en gekweldheid van haar gezicht, zodat ik kon zien hoe zij er uitzag.

Achteraf verbeeld ik mij, dat haar gezicht precies zo was als ik had verwacht, – dat ik het, had ik het na de blik op haar rug moeten construeren volgens methoden die de politie daarvoor heeft, nauwkeurig zou hebben getroffen. Ieder mens bezit een bepaalde curve, die overal in zijn lichaam optreedt en die de uitdrukking is van wat hij is. Mijn moeder had een flauwe S-vormige lijn in haar bovenste oogleden, die terugkeerde in haar mondhoeken en die ook het profiel van haar hals en haar heupen bepaalde, en die zij bovendien zelf aanbracht in haar kapsel. Bij haar, naast wie ik nu stond, was het een puntige, van boven afgeplatte ellips, die ik mij verder alleen herinner van een egyptische hiëroglyfe; die figuur huisde in haar kuiten maar ook in haar mond en ogen, en zelfs in het patroon van haar T-shirt: bootjes. Haar gezicht deed mij denken aan Giotto, en aan die op sommige fresco's uit Siena, van Ambrogio Lorenzetti. Haar handen waren knokig en jongensachtig, de nagels afgekloven: ik besloot onmiddellijk, dat daar een eind aan moest komen.

'Ik heb er helemaal niet bij gedacht, dat ze duur zijn.'

Het was het soort winkel, dat genoeg heeft aan één klant per dag. De etalage was uitgevoerd in beige; op lindegroen fluweel stond niet meer dan een handvol ongeprijsde voorwerpen. Zij wees op een kleine, ruw gesmede uil van goud, met smaragden vleugels, de kop bezet met diamanten en twee topazen als ogen. Hij was bijna te mooi om naar te kijken. Nu alles voorbij is, zie ik die vogel duidelijker voor mij dan haar gezicht, waarvan ik steeds alleen de helft zie, – de andere helft is onzichtbaar geworden, op de manier van een spiegel.

'Zullen we een eindje gaan wandelen?' vroeg ik.

'Goed.'

Ik voelde mij als iemand die in een restaurant een kreeft heeft besteld, maar die niet weet hoe hij hem eten moet. Zwijgend liepen wij naast elkaar; om een of andere reden voelde ik mij gehinderd door het brood onder mijn arm. Het was of dat een heel andere richting uitwees dan die ik nu ingeslagen was, namelijk naar een weekend waarin ik voornamelijk zou slapen en misschien wat lezen. Ik kon mij al niet meer voorstellen, dat het zo zou verlopen, dat zij dadelijk zou zeggen: – Aju, ik moet er vandoor; en dat ik de rest van mijn boodschappen zou moeten gaan doen.

'Woon je in Amsterdam?' vroeg ik.

'Was het maar waar.'

'Waar dan?'

'In Petten.' Zij zei het met een harde *p*, zoals in *spuwen.*

'Hoe heet je?'

'Sylvia.'

Zij gaf geduldig antwoord op alles wat ik vroeg, maar zelf vroeg zij niets.

'Heb je een baan?'

'Ik werk in een kapsalon, in Egmond.'

'En je vader? Wat doet die voor de kost?'

Kennelijk was het vanzelfsprekend, dat ik ook die informatie kreeg:

'Opzichter bij het Hoogheemraadschap.'
'Wat fraai,' zei ik.
'Ja, reuze fraai.'
'Niet dan?'
'Ga jij er maar eens wonen.'

De dochter van de opzichter bij de Hondsbosse Zeewering, – de drie dijken achter elkaar: de Waker, de Slaper, de Dromer, die het geweld van buitenaf tegenhielden; en in de antieke resten van de Dromer was dan weer een kernreactor ingebouwd, die het geweld in zijn binnenste moest stuiten. Petten leek mij plotseling zoiets als Hollands navel, de enige plek, die haar kon hebben voortgebracht.

Het was koud. Naast elkaar liepen wij door straten, waar wij niets te zoeken hadden. Het was mij nog steeds niet duidelijk, wat ik eigenlijk wilde, alleen dat ik naast haar wilde blijven lopen, zoals een hond naast zijn baas, – dat wil zeggen een blindenhond, want de baas nam geen enkel initiatief.

'Waar zullen we heen gaan?' vroeg ik.
'Zeg jij het maar.'
'Heb je iets speciaals te doen vandaag?'
'Ik niet. Ik heb een snipperdag genomen.'

Had ik zelf iets speciaals te doen? Ik was zeven jaar getrouwd geweest en nu alweer vijf jaar gescheiden. Ik deed mijn werk op het museum, en de bezoekjes aan mijn moeder waren tegelijk mijn vakanties. Nu en dan ging ik met een man naar bed die ik hier of daar ontmoette. Meestal gebeurde dat bij mij thuis. Voor een vaste verhouding voelde ik niets; de mannen die dat wilden hadden trouwens meestal een gezin, en in het weekend, dat moet je begrijpen, schat, ik zou ook liever anders willen, waren zij helaas verhinderd. Ik bezocht concerten van moderne muziek, vernissages en soms een of andere uitvoering. Ook ging ik wel eens ergens op bezoek, maar dat kwam geleidelijk minder voor. Ik at tweemaal per week in de stad, en op zondag kleedde ik mij niet aan. Toch had ik mij nooit zorgen gemaakt, hoe het verder moest met mijn leven. Ik was nu ongeveer op de helft – maar straks? Dat ik ten slotte als grijze, alleenstaande, beschaafde dame mijn pensioen zou binnenglijden, was geen schrikbeeld voor mij, want het was helemaal geen beeld, het bestond eenvoudig niet. Ik was er altijd van overtuigd geweest, dat er plotseling iets zou gebeuren, op een bepaalde dag – maar alleen als ik het niet zou zoeken. Alles waar je je wil en je aandacht op richt, wordt onzichtbaar, onbereikbaar, dat is tenminste mijn ervaring. Je ziet de dingen pas werkelijk uit je ooghoeken, als je eigenlijk ergens anders mee bezig bent. Het is net of de werkelijkheid zich dan gepasseerd voelt, het niet neemt en zich aan je opdringt.

'Zullen we bij mij thuis iets drinken?' vroeg ik.

'Ik vind het best.'

'Je hebt mooie dingen,' zei zij, toen zij op de bank zat en een sigaret rolde.

'Dat krijg je als je ouder wordt.'

Maar zij vroeg niet, hoe oud ik dan wel was. Ik maakte de pils open, schonk twee glazen in en ging tegenover haar zitten.

'Ook rollen?' vroeg zij en reikte mij haar pakje shag.

'Het is lang geleden, dat ik dat gedaan heb.' Ik trok een vloeitje te voorschijn en deed er tabak op. Mijn handen beefden en zij zag het.

'Is dat je gewoonte om meisjes van de straat op te pikken?' vroeg zij.

'Je zult het niet geloven,' zei ik zonder op te kijken, 'maar jij bent het eerste meisje dat ik ooit heb opgepikt.'

'Ben je getrouwd of zo?'

Zij hield zich koel, maar zij was het niet. Als iemand hier verleid werd, dan was ik het. Toen viel ook nog de tabak van het papiertje op de grond.

'Dat is ook alweer een tijdje achter de rug,' zei ik, terwijl ik het opraapte. Het kon mij niet schelen wat zij dacht, ik zat in de houdgreep en ik vond het uitstekend.

'Ben je nog nooit met een meisje naar bed geweest?'

'Nee.'

'Sans blague?'

Ik schoot in de lach.

'Sans blague,' zei ik. 'En jij?'

'Ja hoor.'

'En met een man?'

'Ook wel.'

'Kan het je niet schelen of iemand een man of een vrouw is?'

'Als ze maar aardig zijn.'

Dat was eigenlijk heel spiritueel en hoogstaand, als je het goed bekeek.

'Was dat een franse vriend of een franse vriendin, die je hebt gehad?'

'Vriend. Zullen we in bed gaan liggen?'

Ik legde het vloeitje met de pluk tabak op tafel. Ik raakte totaal gedesoriënteerd, als in een duister maar warm en vochtig en naar jasmijn geurend woud. Zonder haar aan te kijken stond ik op en trok de gordijnen dicht, terwijl ik mompelde:

'Nel mezzo del cammin di nostra vita
Mi ritrovai per una selva oscura.'

In alle staten van verwarring kleedde ik mij uit. Ik dacht dat ik het in mijn broek zou doen van opwinding. Toen ik uit de badkamer kwam, knielde zij naakt op mijn bed; in het donkerrode licht, dat door de gordijnen kwam, keek zij mij aan met haar duim in haar mond. Zij was slank als de hiëroglyfe, rondom ons achter de gordijnen en de muren lag de stad in de winter.

'Zou je niet een plaatje opzetten?' vroeg zij.

Een plaatje. Ik kon nu niet aankomen met Xenakis of Monteverdi. Satie misschien? De Gymnopédie? Gelukkig vond ik nog iets van Peggy Lee. Ik ging naar haar toe en het was of ik iets overschreed, doorbrak naar iets. Het had iets te maken met *die geur,* die ik soms, eenmaal in de paar jaar ruik – maar ook niet ruik, mij verbeeld te ruiken, mij herinnert aan een geur die ik eens geroken moest hebben, in oertijden. Een vleug, in een steeg, of in het trappenhuis van een klein hotel in een of ander land, in Venetië, maar meteen verdwenen en niet te achterhalen, ook niet als ik een paar stappen terugdoe. Een donkere, warme geur van vers brood en oud bloed, die een bres slaat, splijt, naar een heel andere, vergeten wereld.

'Wat ben je lekker mager,' zei zij.

Wij maakten ons los van de kamer en van de dag en kapselden ons in en rolden als een amoebe door de eindeloze zee. Ik bewaar er geen herinnering aan, het ligt daarginds in mijn leven, in februari, een half jaar terug – een blinde vlek, de plaats waardoor de zenuwen het oog verlaten.

Daarna bleven wij nog een tijdje liggen. Zij was zo zacht dat ik niet kon voelen waar zij begon. Zij lag op haar zij en naast haar steunde ik mijn hoofd op mijn hand; met de top van mijn middelvinger naderde ik langzaam het vlees van haar billen, zij zagen er uit als die van een jongen, maar als ik kon zien dat ik ze al een beetje indrukte, voelde ik nog steeds niets.

'Weet je dat ik bijna nooit een snipperdag neem?' zei zij. 'Net of ik het wist.' Zij richtte zich op. 'Zal ik iets aan je haar doen? Het zit vol dode punten. Heb je een behoorlijke schaar? De meeste mensen hebben alleen rotscharen.'

Onder de douche, op de rand van de badkuip, waste zij mijn haar; even later zat ik op een stoel met een handdoek over mijn schouders, terwijl zij zwijgend met mij bezig was. Ik zei ook niets. Allebei waren we nog naakt. Toen zij de föhn afzette en 'Klaar, mevrouw' zei, vroeg ik:

'Kom je bij me wonen, Sylvia?'

'Als je dat wilt.'

'Ja.'

'Goed.'

Wij kleedden ons aan en kwamen in een gewassen, herboren stad: heer en knecht – zij de heer, ik de knecht. Verder dan een half bruin was ik niet gekomen met mijn boodschappen voor het weekend, en ik stelde voor om fondue bourguignonne te gaan eten. Dat bleek nieuw voor haar. De straten, het restaurant, de obers, de tafeltjes, de mensen die er aan zaten, alles was vervuld van behaaglijkheid. Dat lag niet aan de wereld, maar aan haar, aan ons. Alleen heel jonge kinderen beleven de wereld misschien altijd zo, en zij kunnen het zonder toedoen van een ander mens, omdat zij de liefde zelf zijn.

Terwijl wij aan weerszijden van de geblakerde pot wachtten tot de olie kookte, overlegden wij hoe de zaak in Petten moest worden aangepakt.

'Ze mogen het absoluut niet weten,' zei Sylvia, 'mijn vader zou me door de politie weg laten halen.'

'Je hebt besloten om in Amsterdam op kamers te gaan wonen. Vandaag heb je er bij mij een gevonden. Ik ben je hospita.'

'En als hij vraagt waarvan ik dat betaal?'

'Dan heb je hier een baantje gevonden bij een heel chique coiffeur. In de Beethovenstraat. Of in het Hiltonhotel.'

'En dat heb ik allemaal in één dag voor elkaar gekregen?'

'In tegendeel. Daar ben je al maanden mee bezig, maar je wou het ze niet zeggen eer alles voor elkaar was. Dat was een erezaak voor je.'

'Weet je wat mijn vader dan zou doen?'

'Nee?'

'Lachen. Hij weet heel goed, dat ik zo niet ben. Nee, ik weet het opeens. Ik laat eerst gewoon een dag of tien niks van me horen. Dat is wel vaker gebeurd. Dan ga ik naar huis en zeg dat ik een student heb ontmoet bij wie ik intrek.'

'En als ze vragen wie die student is?'

Zij prikte een stuk vlees aan haar vorkje en hield het lachend omhoog.

'Dan is dat jouw zoon!'

Sissend verdween haar vlees in de olie. Ik had geen weerwoord en deed ook mijn stukje er in.

'Hoe zullen we mijn zoon noemen, Sylvia?'

Op hetzelfde ogenblik realiseerde ik mij, dat zij nog steeds niet had gevraagd, hoe ik zelf heette, – dat zou zij pas de volgende ochtend doen, aan het ontbijt.

'Thomas,' zei zij op ernstige toon, alsof zij daar al heel lang over nagedacht had.

'Nu is het wel gaar,' zei ik.

Zij nam haar vlees uit de borrelende olie, maar in plaats van het op haar bord te leggen en het dan met haar andere vork in de koele saus te dopen, stak zij het meteen in haar mond. Ik zag haar lippen aan het vorkje plakken en onmiddellijk wit verkleuren. Maar er kwam geen geluid uit haar mond, ook haar gezicht bleef onbewogen, haar ogen op mij gericht.

Toen zij tien dagen later naar Petten ging om haar ouders van haar verloving met Thomas op de hoogte te stellen, was haar lip alweer geheeld. 's Avonds kwam zij terug met een grote koffer vol kleren en spullen.

'Hoe ging het?'

'Goed natuurlijk.'

Verder vond zij het te onbelangrijk om over te praten. Haar ouders waren uit haar gedachten verdwenen op het moment, dat zij de deur achter zich dicht had gedaan. Zij legde een pop op het bed en hing haar kleren in de kast, die sinds vijf jaar ongebruikt was. Er hingen alleen nog een paar oude overhemden, waarvan zij er onmiddellijk een aantrok.

De eerste weken bleven wij bijna altijd thuis. Wij hadden genoeg aan elkaar, en bovendien wist ik nog niet goed, hoe mijn houding moest zijn als wij iemand tegenkwamen. Ofschoon ik niets te verbergen had, vond ik het trouwens een pikant idee, dat mijn nieuwe leven zich voorlopig in het verborgene afspeelde. 's Morgens bracht ik haar ontbijt op bed; tegen de tijd dat ik naar het museum ging, was zij meestal weer ingeslapen. Om elf uur belde ik op om haar te wekken, en als ik tussen de middag thuiskwam rook het hele huis naar koffie en de tafel was gedekt met verse broodjes. 's Middags ging zij de stad in, winkelen of naar de bioscoop, of zij bleef thuis en maakte kleren, of lag languit op de grond een boek te lezen. De moderne nederlandse literatuur vond zij prachtig, vermoedelijk omdat die, op één of twee schrijvers na, uitsluitend bestaat uit een veredeld soort boeken voor de rijpere jeugd, die niemand na zijn vijfentwintigste nog leest. 's Avonds kookten we samen, en na het eten lazen we of keken naar de televisie. Ze vond het leuk om te vrijen terwijl de pastoor of de dominee van de 'dagsluiting' ons melancholisch begrijpend aankeek. Ook zorgde zij er voor, dat het hiaat aan popmuziek in mijn platencollectie werd aangevuld. Na verloop van tijd beet zij alleen nog op de nagels van haar rechterhand, die van de linker droeg zij lang en puntig.

'Laten we ergens heen gaan,' zei zij op een zondagmiddag plotseling. 'Dan gaan we elkaar kieken.'

Ik hield van dit soort invallen, en wij namen mijn camera en gingen naar Artis. Het was maart en nog koud, maar het was er al een beetje druk.

'Iedereen mag zeggen bij welk beest hij gekiekt wil worden!'

Dat vond ik een goed idee.

'Ik daar,' zei ik. 'Bij de vogels.'

'Waarom juist bij de vogels?'

'Omdat die de toekomst voorspellen.'

Zij fotografeerde mij bij een of andere gek met een rode snavel en een witte kam.

'Jij ook?' vroeg ik.

Zij schudde haar hoofd.

'Ik wil de toekomst niet weten. Ik merk het wel.'

'Bij een uil dan. Weet je nog, onze uil van goud? Uilen zijn wijs, die voorspellen het verleden.'

'Ja, bij een uil!'

Maar die konden we niet vinden in het vogelhuis, en ergens anders ook niet. Terwijl wij op zoek waren, kiekte zij mij nog bij de herten en de zeboes en de rode ibis, maar zelf kon zij geen dier ontdekken waarmee zij op de foto wilde.

'Ook niet bij die poema?'

'Hij is prachtig,' zei zij. 'Moet je kijken hoe hij loopt.' Hij liep alsof hij niets woog, alsof de aarde niet hard en weerbarstig was. 'Maar toch wil ik niet met hem op de kiek.'

'Met een mus dan misschien?'

'Laten we daar eens gaan kijken, in het aquarium.'

Maar dat bleek gesloten.

'Bij hem dan maar,' zei zij en wees op het betonnen beeld van een tyrannosauriër, die tegenover de ingang op het gazon stond.

In een hoekige houding, die zij van mannequins had afgekeken, ging zij er bij staan, en ik nam haar in kikkerperspectief.

'Ik krijg het koud,' zei ik. 'Laten we naar het reptielenhuis gaan.'

'Ja, hier! Hier!' riep zij meteen toen wij in de vochtige, tropische atmosfeer kwamen. 'Hoeveel foto's heb je nog?'

'Nog zes.'

Ik nam vier foto's van haar bij de krokodillen, de slangen, de leguanen en de hagedissen, en ik hoefde niet bang te zijn dat zij zouden bewegen en er onscherp opkomen. Het was of hun eindeloze verleden hun de verstening van de geschiedenis zelf had meegegeven, – zij zaten zo roerloos of zij eeuwig zouden bestaan.

'En nu wij samen,' zei Sylvia. Zij nam de camera uit mijn handen en ging naar een jongen van haar eigen leeftijd, die net langskwam.

'Zeg, neem ons even, als je wilt.'

Zij liet hem zien waar de sluiter was, stak haar arm door de mijne en keek lachend in de lens. Toen het gebeurd was, ging zij naar hem toe, nam het toestel van hem over en stak nu haar arm door de zijne. 'En nu wij,' zei zij en reikte mij de camera.

Ik moest lachen: na alle reptielen kwam nu de eigenaardigste – een man. Ik nam de foto en als dank gaf zij hem een kus op zijn wang.

Na verloop van tijd gingen wij ook samen uit. Meestal naar concerten, soms naar een cabaret of de bioscoop. De meeste mensen wisten het nu wel van ons. De kennissen die ik had, zocht ik niet meer op en ook van hen hoorde ik niets. Ik miste ze niet, ik was tevreden met Sylvia. En wat de mannen betreft – afgezien van hen, die het niet kon schelen en die op een normale manier op ons reageerden, zag ik twee reacties in hun ogen: geilheid op die twee meiden, of, vaker, haat, woede, omdat zij door ons ontkend werden, vernietigd.

'Museum Zinnicq Bergmann.'
'Goedemiddag, met Boeken. Kan ik mevrouw –'
'Daar spreek je mee.'
'O sorry, ik herkende je stem niet.'
'Zo vaak hoor je hem ook niet meer.'
'Hoe staat het leven?'
'Uitstekend, en met jou?'
'Goed, goed, beetje druk. We hebben elkaar een tijd niet gezien.'
'Waarom zouden we ook?'
'Hoe is het met je moeder?'
'Niet zo erg best, ze is aan het aftakelen.'
'Zoek je haar nog wel eens op?'
'Eens in het half jaar, net als altijd.'
'Doe haar de volgende keer de groeten van me.'
'Dat zal ik doen.'
'Zeg maar dat ik nog vaak aan haar denk, en aan haar man.'
'Wat attent, Alfred. Was dat waarvoor je belde?'
'Nee. Je weet best waarvoor ik bel.'
'Zeg het dan maar, schat.'
'Er wordt beweerd dat je lesbisch bent geworden.'
'Zo?'
'Is het niet waar dan?'
'Als er beweerd wordt, dat ik tegenwoordig met een meisje samenwoon, dan klopt het.'
'Dat wordt er beweerd, ja.'

'Wat wordt er toch gekletst, zeg. Er zijn duizenden meisjes en vrouwen, die samenwonen.'

'Is het gewoon een vriendin?'

'Gewoon, gewoon... wat noem je gewoon?'

'Of heb je een kamer verhuurd?'

'Nee hoor, het is helemaal gratis. Ze krijgt zelfs geld toe.'

'Mooi is dat. Sinds wanneer is die vertoning aan de gang?'

'Ja, jij kunt natuurlijk alleen in vertoningen denken. Het is helemaal geen vertoning. Het is een heel bijzonder meisje en ik ken haar sinds een maand of twee. Wat kan het je eigenlijk schelen?'

'Hoe oud is ze?'

'Windt het je op als ik zeg dat ze zestien is? Of hoor je liever zesentwintig?'

'Het windt mij niet in het minst op.'

'Daar ben ik niet zeker van, Alfred.'

'Wat doe je eigenaardig. Ik dacht dat ze jou misschien zou opwinden.'

'Daar heb je dan gelijk aan. Ze is twintig.'

'Volgens mij klopt er niets van die hele affaire. Je bent helemaal niet lesbisch.'

'Gebruik dat woord dan niet.'

'Waarom woon je dan met een vrouw als je niet lesbisch bent? Is het soms de leeftijd? Ik herinner me –'

'Ja, als je zo galant bent herinner ik mij dat ook. Dat je op een nacht lam thuiskwam met een of andere drel en ons samen wel eens aan de gang wilde zien. En jij dan zeker in een grote stoel zitten en met een sigaar in je mond de gebeurtenissen gadeslaan. Dat was jouw potentie, toen al.'

'Ja ja. Maar toen nam jij je kussen en je ging op de bank slapen.'

'Precies. En toen stuurde jij dat dronken wicht de straat op.'

'Wat?'

'Ja, 't is goeie.'

'Dus ben je niet lesbisch.'

'Waarom zeg je dan aldoor dat ik het ben?'

'Omdat je met een meisje samenwoont, goddomme! Zeg, wat is dit voor spelletje?'

'Je zoekt het maar uit, hoor. En wees gelukkig met je vrouw en je twee kinderen.'

'Het is ook niet zo'n compliment aan mijn adres.'

'Daar hebben we het. Kijken ze met een rare blik in hun ogen naar je, als ze beweren dat ik lesbisch ben geworden? Als je het mij vraagt denken ze, dat de mannen mij na jou de neus uitkwamen.'

'Kan het misschien ook wat rustiger?'

'Vast wel. Zeg maar, dat geen man mij blijkbaar nog kan bevredigen na jou. Om uitleggingen heb je nooit verlegen gezeten, je hebt er zelfs je beroep van gemaakt.'

'Dat heb ik dan van je vader geleerd.'

'Ja, geef mijn vader een beetje de schuld.'

'Is het misschien omdat je geen kinderen kunt krijgen?'

Even kon ik niet verder spreken. Toen ik weer wat wist te zeggen, bedacht ik mij en legde de hoorn op het toestel.

In een exotisch winkeltje kochten wij turkse ringen, die uit vier afzonderlijke, gevlochten delen bestonden. Er zat een draadje omheen, dat de zaak bij elkaar hield en pas losgemaakt mocht worden als de ring om de vinger zat. Thuis deed Sylvia hem af, om toch eens te kijken, en meteen viel hij tot een ketting van vier schakeltjes uit elkaar. Toen hij na een half uur puzzelen weer in orde was, ging de bel.

Sylvia deed open.

'Hee, mam!' hoorde ik haar roepen. Terwijl haar moeder de trap opkwam, liep ik snel naar de gang en zag dat Sylvia haastig haar ring weer afdeed. 'Ga naar binnen, doe de deur dicht,' siste zij tegen mij met een blik van autoriteit, die ik niet eerder van haar had gezien.

Ik deed wat zij gezegd had en bleef achter de deur staan.

'Ik was toch in de stad,' hoorde ik haar moeder zeggen, 'ik dacht, ik ga maar even langs.'

'Ja, dat zal wel,' zei Sylvia, 'maar hij is er niet.'

'Is Thomas niet thuis?'

'En we kunnen ook niet naar onze kamer, want daar is het een geweldige rotzooi.'

'Dat geeft toch niet, kind. Hoe is het met je?' Het was even stil: zij kreeg een kus. 'Ik heb drie gebakjes meegebracht. Je kunt toch wel even theezetten?'

'Mam, er wordt net behangen en gewit, alles is naar de kant geschoven en staat onder de vuile lappen.' Het kwam er zo prompt uit, dat het haast niet anders kon of zij had dat voor deze eventualiteit voorbereid. 'Maar misschien kunnen we even bij mijn hospita zitten.'

'Je bedoelt Thomas' moeder?'

Ik deed een paar snelle stappen op mijn tenen en ging op de bank zitten. Er werd geklopt.

'Ja?' zei ik. Het speet mij dat ik geen handwerkje had.

Sylvia stak haar hoofd om de deur.

'Mevrouw Boeken? Mag ik u even mijn moeder voorstellen? Bij mij op de kamer –'

'Natuurlijk, Sylvia, natuurlijk, kom binnen.' Om een of andere reden had zij Alfreds naam gebruikt, wat ik zelf nooit meer deed, – nu denk ik, dat dat misschien was opdat haar moeder mij niet in het telefoonboek zou kunnen opzoeken.

Veel ouder dan ik kon haar moeder niet zijn, maar wel was te zien dat zij een ander leven had geleid. Met in haar linkerhand een boodschappentas schudde zij mijn hand, bewoog hem op en neer en zei:

'Mevrouw Nithart, aangenaam.'

'Leuk u eens te ontmoeten, mevrouw Nithart. Wilt u uw jas niet uitdoen?'

'Vergeet u niet, dat u dadelijk naar die opening moet, mevrouw?' zei Sylvia.

'Ik blijf echt maar eventjes,' zei mevrouw Nithart. Zij ging in een fauteuil zitten, maar leunde niet achterover.

Met de doos taartjes ging ik naar de keuken om thee te zetten. De situatie beviel mij volstrekt niet, ik vond niet dat je iemand zo voor de gek mocht houden. Terwijl ik wachtte tot het water kookte, ging ik aan de keukentafel zitten en overwoog of ik dadelijk naar binnen zou gaan en zeggen: – Mevrouw Nithart. Ik heb geen zoon en ik zal nooit een zoon hebben. Ik ben zelf die Thomas. Ik houd van uw dochter en zij houdt van mij, wij slapen met elkaar en zijn heel gelukkig samen. Ik weet niet hoe u tegenover die dingen staat, veel mensen vinden het nog steeds walglijk en tegennatuurlijk. Maar de natuur is zelf tegennatuurlijk, zoals u ongetwijfeld weet uit het leven der dieren, vooral als u een hond hebt daar in het verre Petten, wat voor een opzichtersgezin zelfs waarschijnlijk is, vermoedelijk een herder. En als de mens nu maar natuurlijk was. Maar hij zet water op voor thee en hij eet, zonder honger te hebben, moorkoppen. En walglijk zult u het misschien niet meer in die mate vinden als het uw eigen dochter betreft. Mevrouw Nithart, ik vraag u om de hand van uw dochter, want wij zijn van plan bij elkaar te blijven.

Alleen, ik kon de gevolgen niet overzien. Dat van die politie, die haar weg zou halen, was natuurlijk onzin: zij was ouder dan zestien en woonde hier niet tegen haar wil. Maar hoe zou Sylvia reageren? Wat wist ik van haar verhouding tot haar ouders? Zij had er nooit iets over verteld. Misschien brak er plotseling zo'n schaamte in haar los, dat zij zowel hen als mij niet meer wilde zien. En als zij eenmaal een besluit had genomen, dan was dat onherroepelijk, zo veel had ik nu wel van haar begrepen. Ik durfde het niet. Daarbij kwam, dat ik toch een raar soort behagen schepte in de rol, die ik opeens te spelen had. Ik had al bijna het gevoel of zij werkelijk mijn schoondochter was.

Met de thee op een dienblad, de taartjes netjes op bordjes met vorkjes, ging ik weer naar binnen.

'Weet u, mevrouw Boeken,' zei mevrouw Nithart, 'we zijn heel blij, mijn man en ik, dat Sylvia het eindelijk gevonden heeft. Tot nu toe was ze altijd –'

'Hè mam, doe me een lol.'

'Laat je moeder toch uitspreken, Sylvia. Ik wil ook wel iets over je horen.'

'Zo is ze nu altijd geweest, mevrouw. Over haar mag nooit gepraat worden. Als kind had ze dat al.'

'Wat bescheiden.'

'Of het dat is, zou ik niet durven zeggen.'

'Weet u hoe laat Thomas zou thuiskomen?' informeerde

Sylvia bij mij. 'Het zou leuk zijn als mijn moeder hem nog even zag.'

'Dat kon wel laat worden,' zei ik, terwijl ik hoopte dat mijn verbluffing niet uit mijn ogen zou schijnen, 'in elk geval na het eten. Er is weer een vergadering op de subfaculteit. Herrie over een professor,' legde ik aan mevrouw Nithart uit. 'Hij schijnt geen college meer te willen geven zo lang dit of dat niet geregeld is naar zijn zin. Ik volg het ook niet zo precies, misschien heeft u er wel eens wat over in de krant gelezen. Thomas is tegen hem, voor zo ver ik weet.'

'Ik dacht juist vóor hem,' zei Sylvia.

'Of vóor hem. Hij studeert in elk geval minder dan dat hij vóor of tegen hem is.'

'Wat studeert hij?' Mevrouw Nithart legde haar handen op elkaar in haar schoot en boog iets voorover.

'Andragologie,' zei ik, terwijl ik het gevoel kreeg dat ik te ver ging. 'Ja, ik zie u kijken, maar u bent niet de enige die niet weet wat dat is. Volgens mij weet niemand het.'

'Als Thomas het maar weet,' zei Sylvia gekwetst.

'Zit daar toekomst in?'

'Die vraag geldt geloof ik voor de hele wereld,' zei ik, terwijl ik in Thomas' moorkop prikte. 'Maar desnoods kan hij altijd nog aan de kost komen als monteur.'

Ik werd langzamerhand ook meegesleept door baldadigheid en Sylvia haakte er onmiddellijk op in:

'Hij heeft een motorfiets, een oude Harley Davidson. Daar maken we vaak tochtjes mee.'

'Waarom komen jullie dan nooit eens langs in Petten op je motorfiets? Dat zou vader ook leuk vinden.'

'U weet hoe ze zijn, mevrouw Nithart,' zei ik. 'Zelf zie ik mijn zoon ook bijna nooit, al wonen we in hetzelfde huis. Die kinderen willen hun eigen leven leiden, en dat hoort ook zo. Het is dat er nog steeds woningnood is, anders waren ze al lang gevlogen.'

'Ben je gelukkig met Thomas, Sylvia?' vroeg mevrouw Nithart op een toon, waaruit voor mij nu voortvloeide, dat er onmiddellijk een eind moest komen aan dit gesprek.

'Nogal wiedes. Anders bleef ik niet bij hem.'

Ik keek op mijn horloge, zodat mevrouw Nithart het zag.

'Ja, ik moet ook weg,' zei zij en stond op. 'Ik wil niet dat vader in een leeg huis komt van zijn werk.' Zij aarzelde even, en vroeg toen aan mij: 'Heeft u misschien een foto van Thomas?'

Ik verstijfde. Een moeder zonder foto van haar zoon.

'Natuurlijk,' zei ik, 'ik geloof alleen, op het moment... met die schilders in huis...'

'Nou, laat u dan maar.'

'En die foto uit Artis dan?' vroeg Sylvia verbaasd. 'Die heeft u zelf genomen.'

Ik wist niet zo gauw wat zij bedoelde, – toen ik het begreep voelde ik mij als iemand die 's nachts ligt te slapen en plotseling wordt het grote licht aangedaan. Uit de envelop met foto's zocht ik die waar zij opstond met de jongen, die ons had gefotografeerd in het reptielenhuis.

'Wat een leuke vlotte jongen,' zei mevrouw Nithart met de foto in haar hand. Zij keek mij aan. 'Hij lijkt op u.'

Ik knikte.

'Maar hij heeft de ogen van mijn gescheiden man.'

'Zie je die broek?' vroeg Sylvia. 'Die heb ik nauwer gemaakt.' Zij nam de foto en drukte haar lippen er op.

'Mag ik hem houden?' vroeg mevrouw Nithart onzeker. 'Dan lijsten we hem in en zetten hem op de schoorsteen.'

'Natuurlijk, dat spreekt vanzelf,' zei ik.

Wij namen afscheid en Sylvia liet haar moeder uit. Doodmoe liet ik mij op de bank vallen. Toen zij met een lach op haar gezicht in de kamer terugkwam, vroeg ik:

'Sylvia, zeg eens eerlijk, toen jij daar bij die jongen ging staan, was dat toen al voor het geval je ooit eens een foto zou moeten laten zien?'

'Ja, wat dacht jij dan? Daarom wilde ik toen dat we foto's gingen maken.'

Zij haalde haar ring te voorschijn en begon hem weer in elkaar te prutsen.

Om half acht was ik bij de franse grens. De zon scheen een beetje en ik stopte bij het wegrestaurant om te tanken, geld te wisselen en wat te eten. Er waren al een paar hollanders en scandinaviërs, die de hele nacht hadden doorgereden. Krijsende baby's op de armen van hun moeders, kleuters die met twee handen glazen melk aan hun mond zetten. Staande dronk ik koffie met melk en at een hamsandwich. Ik dacht er aan dat ik niet aan mijn moeder dacht, die daarginds al die tijd achterover lag en nooit meer zou bewegen. Het hinderde mij dat ik niet wist, hoe zij lag ten opzichte van mij, – of zij in het verlengde lag van de lijn die mij met haar verbond, of dat die lijn haar loodrecht trof, dan wel met een scherpe of een stompe hoek.

De speelautomaten knetterden al. In een hoek weerklonken scherpe knallen, gevolgd door dreunende detonaties: gebogen voor een donker scherm stond een jongen daar al steden te vernietigen met atoombommen op de vroege ochtend. Een wondje op zijn knie had hij zorgvuldig verzorgd met een strookje hansaplast.

Plotseling kwamen er tranen in mijn ogen omdat ik Sylvia niet bij mij had om haar daarop te wijzen. Iemand die echt bommen op steden gooit, zou ik gezegd hebben, voelt zich niet anders dan die jongen nu. Zij zou geknikt hebben, het maar half hebben begrepen en in elk geval niet geïnteresseerd zijn geweest. Dat liet mij onverschillig. Het waren niet haar intelligentie en haar brede belangstelling, waarvan ik hield, maar datgene wat die eigenschappen niet bezat en evengoed wel had kunnen bezitten, – datgene wat overbleef als alles van haar afgetrokken werd, datgene wat ik bij de eerste oogopslag aan haar rug had gezien.

'Ga eens op je rug liggen, met je armen gespreid.'

Ik was naakt en deed het.

'Doe je voeten over elkaar.'

Naakt knielde zij naast mij, sloeg een kruis en vouwde haar handen. Toen ik begreep, wie ik uit te beelden had, kwam ik overeind.

'Wat bezielt je, Sylvia?'

Ze zei niets, ik mocht het zelf uitzoeken.

Ik was moe. Sinds vierentwintig uur had ik niet geslapen. Ik nam nog een zwarte koffie, ging achter het stuur zitten en voegde mij weer in op de autoroute.

In mei namen we het vliegtuig en gingen naar Nice. Al in de lucht begon de ruzie.

'Moet je goed luisteren, Sylvia. Vanavond wordt het te laat, maar morgenochtend ga ik naar mijn moeder. Ze zit dan in een park bij de zee. Ik heb liever niet dat je meegaat.'

'Waarom niet?'

'Ze zou het net zo min begrijpen als de jouwe.'

'Je hoeft het toch niet te zeggen? We verzinnen wel wat. Ik ben gewoon je assistente op het museum.'

'Nee, Sylvia, we verzinnen niks. Dat verzinnen van jou hangt me de keel uit, dat doen we niet nog eens.'

'Je schaamt je voor me.'

'Ik schaam me helemaal niet voor je, dat weet je best. Maar jij wilt je om een of andere reden laten gelden tegenover mijn moeder.'

'Waarom zou ik?'

'Weet ik veel. Omdat je eigen moeder niet mag weten, dat wij met elkaar zijn. Terwijl jouw moeder helemaal niet oud en ziek is.'

'Nee, maar stom. Dat is nog veel erger.'

'Volgens mij is jouw moeder helemaal niet stom. Ze houdt van je, en het zou best aan haar verstand te brengen zijn. Ze is een vrouw van deze tijd, maar de mijne niet, die is ergens dertig jaar geleden blijven steken.'

'Waarom zou ik dan niet willen, dat mijn moeder het weet?'

'Je vertelt me toch nooit iets over jezelf? Hoe zou ik het dan moeten weten? Misschien omdat je haar niet gunt, dat je op net zo iemand valt als zij.'

'O, dus jij bent mijn moeder?'

'Behalve dan, dat ik je vader met rust laat. In elk geval ben ik ook een vrouw, en jij bent een misselijk kreng. Nooit vraag ik je iets, jij dwingt mij om een schandalige komedie voor je moeder op te voeren, en nu vraag ik jou alleen maar om iets niet te doen en meteen ben je daar te beroerd voor. Ik ben gek dat ik je heb meegenomen.'

'Je hebt me alleen meegenomen om me te kunnen verbieden je moeder te leren kennen. Dat is je hele plezier.'

Ik keek haar aan.

'Als ik naar jou luister,' zei ik, 'heb ik het gevoel of ik onder zo'n kei in een vochtige tuin kijk, en al die pissebedden zie krioelen.'

Meteen had ik spijt, dat ik dat had gezegd. Haar ziel was minder zacht dan haar vlees en de streling van haar jongenshanden; ik weet niet wat voor substantie de ziel moet hebben, maar de hare deed mij denken aan een ei: een harde witte schaal, die niet meegaf, maar die plotseling breken kon en dan een massa vormloos slijm losliet.

'Waarom zeg je zulke dingen?'

Zij brak. Haar gezicht schoot in die bodemloze gekweldheid.

'Heb je me eindelijk zo ver?' snikte zij.

Ja, ik had haar eindelijk zo ver, wilde haar wel op mijn arm nemen, zoals in wegrestaurants de zweedse moeders hun zuigelingen. Zij was er opeens.

'Wat is het dan? Zeg het me. Wat heb je nu voor groot verdriet? Het is toch niet omdat ik iets lelijks zeg, dan kun je me toch ook een klap geven, of je schouders ophalen en uit het raampje kijken. Als je dat doet, kun je nu trouwens Parijs zien liggen. Er zit heel iets anders achter, zeg het me, wat is het?'

Zij kon het niet zeggen, misschien wist zij het zelf niet. Huilend zat zij achter de plastic resten van haar diner, haar gezicht en hals overdekt met rode vlekken.

'Ik neem het volgende vliegtuig terug, ik wil je nooit meer zien.'

Daar was ik natuurlijk bang voor, maar ik geloofde niet dat het zou gebeuren. Waar moest zij heen? Terug naar Petten? Bovendien geloofde ik, dat het haar eerder van iets ontlastte als zij zo opengescheurd werd.

Toen wij landden, was alles weer in orde. Het was of wij in de zee terecht zouden komen, maar op het laatste ogenblik was de landingsbaan er. In ons hotel namen wij een bad, verkleedden ons en gingen op de Promenade des Anglais naar de zee en de sterren en de mensen kijken. Maar de mensen keken ook naar ons. Onophoudelijk werden wij door allerlei mannen gevolgd onder de palmen, en toen wij op een terras gingen zitten schoven er onmiddellijk twee aan hetzelfde tafeltje. Na hun derde woord frans zei ik:

'Spreken jullie maar gerust hollands.'

Hun leeftijd zat ergens tussen Sylvia en mij in, en het was duidelijk dat zij ons van te voren onder elkaar verdeeld hadden, want de ene begon meteen een exclusief gesprek met mij, de andere met Sylvia, in een eerste poging om ons te scheiden. Na wat inleidend gebabbel zei de mijne met gedempte stem:

'Je zult het misschien gek vinden, maar meteen toen ik je zag voelde ik, dat wij al heel lang een afspraak hadden.'

'Meen je dat nou?'

'Als ik ooit iets gemeend heb, dan is het dit. Ik weet niet wat het is, maar het is net of ik je al jaren ken. Heb jij dat ook?'

'Een beetje misschien.'

'Zie je wel, die dingen komen nooit van één kant. Als een hand in een handschoen past, dan past die handschoen ook om die hand.'

Hij had zijn verhaal prima voor elkaar, met vergelijkingen en al, door veelvuldig gebruik tot een uiterste geserreerdheid ingedampt. Maar afgezien van zijn verhaal vond ik hem niet onaardig, en het liefst had ik hem gezegd, dat hij dat verhaal helemaal niet nodig had. Maar daar was ik niet zeker van, tenslotte had hij meer ervaring met vrouwen dan ik. Zijn vriend zat intussen aan Sylvia's oor te fluisteren, en ik had graag een blik met haar gewisseld, maar zij keek niet naar mij.

'Misschien denk je nu, dat ik dit tegen iedere vrouw zeg,' zei hij, 'maar dat is niet zo. Dat kan ik niet bewijzen, maar dat moet je geloven. Je moet me een beetje vertrouwen.'

'Vertrouwen,' zei ik bitter.

'Ja, ik weet wat je bedoelt. Maar je hebt het nu niet tegen mij, je hebt het nu tegen iemand anders in je leven. Dat moet je van je afzetten. Kijk waar we zitten: die zee, die lucht. Een klein beetje vertrouwen, meer vraag ik niet. Als je de straat oversteekt, dan vertrouw je er toch ook op, dat niet een of andere dronken idioot je van de sokken rijdt?'

'Dat is zo.'

'Zie je wel.' Daarop richtte hij zich tot het hele gezelschap: 'Jongens, ik weet een goede discotheek, laten we daar heen gaan.'

Zijn vriend keek een beetje verstoord op: kennelijk was hij nog niet klaar met het eerste gedeelte van zijn verhaal. Zij stonden er op om de campari te betalen; toen ik Sylvia's ogen ontmoette, trok zij even haar wenkbrauwen omhoog, – een teken, dat ik niet begreep. In twee groepen drentelden wij de drukke straatjes achter de boulevard in. Toen ik omkeek, zag ik dat Sylvia een beetje achterbleef met haar vrijer: dat was natuurlijk ook een deel van het krijgsplan. Ik bleef staan, maar de mijne nam mijn arm en zei:

'Kom op, die komen wel.'

Al hadden wij een paar uur geleden een afschuwelijke ruzie gehad, geen moment kwam het in mijn hoofd op, dat zij er misschien met hem tussenuit wilde knijpen; maar ik had geen zin om met mijn jongeman alleen te blijven en naar zijn praatjes te moeten luisteren. Toen wij bij de ingang van de discotheek waren, kwamen zij met de armen om elkaars middel aangezweefd in de hinkstapsprong.

Binnen was het donker en stampvol mensen en muziek. Onder oude, geteerde reddingboten, die aan het plafond hingen, gingen wij zitten op stoelen waarvan de leuningen bestonden uit dik, vettig touw. Sylvia dronk te veel en ging dansen – veel te uitdagend naar mijn smaak. Het kon niet anders of haar vrijer dacht, dat het allemaal wel goed zat. Ik dronk trouwens ook te veel. Soms dacht ik even aan mijn moeder, die niet ver hier vandaan nu lag te slapen in haar witte bed. Toen ik niet wilde dansen, begon mijn jongeman mij weer te bewerken:

'Laten we weggaan hier. Al die mensen. Ik wil ergens met je alleen zijn, waar we rustig kunnen praten. Laten we naar mijn hotelkamer gaan. Ik zal je heus niet verkrachten. We hoeven toch niet dadelijk met elkaar naar bed te gaan? We hebben toch geen haast? We gaan heus wel eens met elkaar naar bed. Moet ik je beloven, dat ik niet met je naar bed ga vannacht? Mijn hand er op.'

Plotseling zag ik Sylvia niet meer. Ik stond op om haar te zoeken, gevolgd door mijn partner, die dacht dat ik hem voorging naar zijn hotel.

'Wacht even!' riep hij, terwijl hij gejaagd de aandacht van de ober in zijn blauwwit gestreepte T-shirt probeerde te trekken.

Ik vond haar tussen de touwladders en de visnetten, waarmee de bar was afgescheiden.

'We gaan,' zei ik.

'Ja,' zei zij en groette haar vriend met haar hand, zoals men een kind groet. 'Dag dag.'

'Wat?' riep deze met plotseling uitpuilende ogen.

Maar verder had hij geen tekst meer en gooide in plaats daarvan zijn glas whisky in haar gezicht. Op hetzelfde ogenblik kreeg ik van de mijne een harde klap.

Meteen bemoeiden anderen zich er mee, en terwijl wij snel maakten dat wij wegkwamen, hoorde ik mijn vrijer nog roepen:

'Potten! Vieze vuile potten! Ce sont lesbiennes!'

In de oorverdovende stilte van de straat holden wij hand in hand naar het hotel, ons verslikkend van het lachen.

'Daar zit ze.'

Ik wees naar mijn moeder – in de verte met haar rug naar ons toe onder de bomen, in een ligstoel. Vorig jaar was het nog een rechte linnen klapstoel geweest. De stoel stond op het gras achter een bank, waarop een verpleegster een boek zat te lezen.

'Is ze zo rijk?'

'Ze heeft een pensioen van mijn vader, die was professor. Hij heeft ook een paar boeken geschreven die nog steeds worden verkocht.'

'Krijgt ze daar dan geld voor?'

'Van ieder boek krijgt ze een paar gulden. Zo, Sylvia, wees lief en wacht bij de fontein, dan ga ik wat met haar praten. Of ga naar zee, dan zie ik je straks in het hotel; maar pas op, dat je die jongens niet tegen het lijf loopt.'

'Welke fontein? Het ritselt hier van de fonteinen.'

'Die grote daar, met de drie Gratiën.'

Ik liep langzaam het pad af naar mijn moeder. Het was windstil en onder de bomen was het zo zoel alsof ik in mijn eigen lichaam liep. Bij de bank bleef ik even naar haar achterhoofd kijken, – het was voor het laatst, dat ik haar zou zien. De verpleegster zag op en keek mij aan, in haar ogen nog de beelden uit haar boek. Als ik nu mijn ogen sluit en mij verdiep in haar blik, is het of ik daaruit het boek zou kunnen determineren dat zij aan het lezen was. Het had iets met *crinoline* te maken, iets ruisends, ergens rond 1840: *La Chartreuse de Parme* misschien. Ik knikte haar toe, liep om de bank heen en ging voor mijn moeder staan. Zij keek omhoog in de bladeren, haar handen lagen in haar schoot over elkaar op een manier, zoals ik nooit eerder van haar had gezien. Het was of zij ze weggelegd had, zoals men een boek weglegt. Heel langzaam draaiden haar ogen omlaag en keken naar mij. De uitdrukking veranderde niet, dat wil zeggen er kwam geen enkele uitdrukking in. Ik lachte tegen haar – pas toen zag zij, dat ik het was.

'Dag mama. Ik ben het echt.'

'Ik was aan het dromen,' zei zij, maar ik geloofde niet dat het zo was. Zij lachte en richtte zich iets op. 'Wanneer ben je gekomen? Geef me een kus.'

Ik drukte mijn lippen op het koele, dunne vel van haar wangen. De verpleegster had zich omgedraaid en ik zei, dat ik de dochter van mevrouw was. Zij fluisterde, dat ik het niet te lang moest maken, want mevrouw was erg zwak. Ik ging in het gras zitten en sloeg mijn armen om mijn knieën. Naast haar stoel lag een stok. Ik lachte weer tegen haar, want ik wist niet goed wat ik eigenlijk moest zeggen.

'Je ziet er beter uit dan de vorige keer,' zei zij. 'Ben je gelukkig?'

'Ja,' lachte ik. 'Heel erg.'

'Heb je een vriend?'

Ik knikte. Ik weet nog dat ik niet alleen met mijn hoofd knikte maar met mijn hele bovenlichaam.

'Wat ben ik blij voor je. Hoe heet hij?'

'Thomas,' zei ik. 'Thomas Nithart.'

'Hoe oud is hij?'

'Laten we niet over mij praten, mama, maar over jou. Al was hij zestig, of twintig, dan nog zou ik van hem houden.'

Zij zweeg en keek een tijdje langs mij heen.

'Wat is zijn beroep?' vroeg zij toen.

'Maak je toch niet altijd meteen ongerust. Al was hij, weet ik wat... opzichter hier of daar. Ik ben vijfendertig, ik weet heus wel wat ik doe. Ik ben heel gelukkig, heel wat gelukkiger dan met Alfred. Je moet trouwens de groeten van hem hebben.'

'Waarom is hij niet met je meegekomen?'

'Alfred?'

'Nee, Thomas, jouw Thomas. Uit wat voor familie komt hij?'

'Lieve mama, alsjeblieft.'

'Zoals je wilt.'

Zij kwam er niet op terug, maar ik wist dat zij al haar twijfels had. Misschien wordt de navelstreng tussen een moeder en haar kind nooit echt verbroken. Toen ik voor het eerst met een jongen naar bed was geweest, ik was zeventien, en de volgende ochtend aan het ontbijt kwam, nam mijn vader zijn bril af, maakte een lichte buiging en zei:

'Goedemorgen.'

Hij zette zijn bril weer op en las verder in zijn krant. Maar mijn moeder bleef mij aankijken en zei niets. Ik vluchtte voorwaarts:

'Waarom kijk je me zo aan?'

De ochtendzon scheen op het rose ontbijtservies – en toen brak zij een kopje. Mijn vader zette zijn bril weer af en keek verwonderd naar de scherven op haar bord.

Misschien bestond haar begrip uit niets anders dan juist uit het breken van dat kopje, misschien was het niet het gevolg van iets, van een gedachte of een vermoeden, maar zat het begrip alleen in haar lichaam, in de hand waarmee zij het kopje had losgelaten.

Gedurende een half uur spraken wij over andere dingen. Maar juist toen de verpleegster zich omdraaide en waarschuwend met haar wijsvinger op haar polshorloge tikte, vroeg mijn moeder:

'Ken jij die jongen?'

'Welke jongen?'

Zij keek langs mij heen en ik draaide mij om. Op het gazon stond Sylvia in haar witte broek, basketballschoenen en een oud overhemd van Alfred. Toen zij zag dat wij naar haar keken, kwam zij naar ons toe. Ik verschoot van ergernis en ik zag dat mijn moeder het zag.

'Hee!' riep zij al uit de verte tegen mij. 'Dat is ook toevallig! Ben jij ook in Nice?'

'Hee, hallo,' zei ik, 'hoe kom jij hier?' – en maakte toen mijn tweede blunder: 'Dit is Sylvia, mama. Sylvia Nit... nee, niet – Potmans.'

Wat een verschrikking. Freud zou de slappe lach hebben gekregen als hij er bij was geweest.

'Uw dochter heeft mij veel over u verteld, mevrouw,' zei Sylvia. 'Ik ben haar buurmeisje. Ik heb gehoord dat uw man professor was en dat hij boeken heeft geschreven, die nog steeds verkocht worden. Die zou ik graag eens willen lezen. Gelooft u dat ik –'

Maar terwijl zij nog sprak, gebeurde er iets afgrijselijks. Mijn moeder nam haar stok en kwam bevend overeind, en met de stok begon zij naar Sylvia te slaan, zoals men naar een dolle hond slaat. Met één sprong was Sylvia buiten het bereik van de stok, mijn moeder gaf nog een uithaal in mijn richting, liet de stok in het gras vallen en bleef met trillende, opgeheven handen staan, als een blinde met wie een wreed spelletje is gespeeld. Ik was overeind gekomen en wist niet waar ik het zoeken moest van ontzetting. De verpleegster, die nergens iets van begreep, was toegesneld en sloeg haar arm om mijn moeders schouder. Ik schreeuwde:

'Godverdomme, godverdomme, mama! Is zij dan geen mens? Ik zei toch dat ik gelukkig ben, godverdomme!'

Ik voelde mijn gezicht vertrekken, ik huilde, maar ik zag nog dat overal op de hellingen oude gezichten onze kant op draaiden, het werd nog stiller in het park. De verpleegster had de stok opgepakt en leidde mijn moeder weg over het pad. Ik staarde naar haar oude rug.

'Ga naar haar toe,' zei Sylvia. 'Je moet naar haar toe gaan.'

‘Nee, ik verdom het, ik verdom het. Kom mee.’ Ik legde mijn arm om haar schouder.

‘Maar misschien was het alleen omdat ik iets over je vader heb gezegd.’

‘Nee, in godsnaam, kom.’

Wij liepen in de richting van de zee. Ik had nog gezien dat de verpleegster haar boek had vergeten op de bank, maar het lag ondersteboven.

Mijn vader zei:

'Je moet eens opletten. Als je iets zit te schrijven en je legt je pen even neer, kijk dan hoe hij ligt. Als je hem met de punt van je af hebt neergelegd, dan is dat een teken dat je goed bezig bent. Ligt hij met de punt naar je toe, dan is er iets niet in orde. Dan kun je beter ophouden.'

Nu en dan leg ik hem even neer en ga voorzichtig naar het raam. Als ik mij over de vensterbank buig, kijk ik in een ravijn. Ik geloof niet, dat ik ooit zo'n groot gat heb gezien. Stil ligt het in de hitte van de middag. Overal liggen pneumatische hamers, overal staan verlaten vrachtauto's; de bulldozers verstard tegen de steenmassa's, getroffen door een natuurramp, hun nekken geknakt, hun kinnen tegen de grond.

Aan de andere kant van het gat staat, ligt, zwijgt het Palais des Papes als een reusachtige, verlaten cocon, waarin een verschrikkelijk insect zich heeft verpopt, dat nu ergens in de wereld met zijn poten omhoog ligt te sterven. Blijkbaar is het niet lang geleden gezandstraald, het ziet er nieuw uit, de stenen hebben dezelfde gelige kleur als de rots. Iemand zou kunnen denken, dat het kasteel uit dat gat voortgekomen is. Daar, aan de overkant, staat ook mijn auto.

Over een jaar zal onder dit raam weer een groot, zonovergoten plein liggen, maar dan met een parkeergarage er onder – voor de haute volée, die in avondkleding naar de voorstellingen op de binnenplaats van het paleis gaat.

Mijn kamer is ingericht in neogotische stijl anno 1890, met

meubels die ik tot nu toe alleen op franse vlooienmarkten heb gezien. Het bed, de stoelen, het spookachtige buffet, alles is van zwart, hoog, puntig gedraaid hout; aan de muur hangt een ingelijste reproductie van het lezende meisje van Fragonard, de enige kleur in de kamer. Alle hotels zaten vol en ik was al lang blij dat ik dit nog kon krijgen. De oude dame is trouwens erg vriendelijk. Ze heeft papier voor mij gehaald, en iedere keer als zij eten komt brengen of het bed opmaakt, vraagt zij of ik mij wel goed voel en of zij niet toch een dokter zal roepen. Maar nadat ik twaalf uur geslapen had, voelde ik mij veel beter en als ik stil blijf zitten merk ik verder niets. Alleen als ik naar het toilet ga, of naar het raam loop, dan is het er weer.

's Nachts in bed hoor ik in de verte, bij de Rhône, soms een uil.

'Waarom ben je gescheiden van Alfred?'

Het was zondagochtend en we lagen nog in bed. Bij daglicht waren haar ogen groen, bij lamplicht blauw. Buiten bleef de stad stil.

'Omdat we geen kinderen kregen.'

'Aan wie lag dat?'

'Aan mij, want hij heeft er nu twee.'

'Wou jij geen kinderen?'

'Ik wou niks liever. Ik heb er van alles aan laten doen, maar de zaak zat hopeloos verstopt. Wat denk je wat een ellende ik er mee heb gehad. Iedere maand weer ongesteld worden en een man hebben die ook absoluut kinderen wou.'

Zij richtte zich op.

'Is het moederschap dan het hoogste wat er is voor een vrouw?'

'Sylvia, zo ken je me toch niet? Natuurlijk niet. Maar wel voor een dochter. Als je je altijd een dochter voelt, is er maar één manier om van je moeder af te komen, en dat is door zelf moeder te worden.'

Zij ging weer liggen.

'Volgens mij hou jij helemaal niet van kinderen. Kinderen zijn voor jou alleen maar iets om van je moeder af te komen.'

Ik zweeg.

'En als je nu toch een kind had gekregen,' zei zij, 'had je daar dan van gehouden?'

'Ja,' zei ik. 'Want op het moment dat het geboren was, had

ik niets meer met mijn moeder te maken gehad. Je hebt gelijk, ik houd niet van kinderen, maar van dat speciale kind had ik gehouden – niet als dochter, maar als moeder.'

'En als het vlak na de geboorte verwisseld was?'

'Dan had ik van dat verwisselde kind gehouden. Allicht! Als dat niet zo was, zou een man nooit van zijn kind kunnen houden.'

'Hoezo niet?'

'Omdat hij nooit zo zeker weet dat zijn kind ook echt zijn kind is, als een vrouw weet dat het van haar is. Een vrouw kan altijd een slippertje hebben gemaakt, en dan weet zij misschien niet van welke man haar kind is, maar wel dat het van haar is.'

'Mannen moeten het altijd maar geloven,' lachte zij. 'Ze zijn hulpeloos aan ons overgeleverd.'

Ik lachte ook.

'Precies, hulpeloos, dat is wat ze zijn. Kijk maar naar hun tepels. Wij hebben niet zoiets wanhopigs aan ons lijf.' Ik vond dat ik goed op dreef was en zei: 'Weet je wat het is met ons, vrouwen? Wij staan veel meer open naar de wereld. Mannen hebben maar negen openingen in hun lichaam, wij twaalf.'

'Twaalf?' Zij begon te tellen: haar ogen, haar oren, een, twee, drie, vier, haar neusgaten, haar mond, vijf, zes, zeven, haar tepels, acht, negen, zij sloeg de lakens weg, haar vagina, haar achterste, tien, elf. 'Ik kom niet verder dan elf.'

'Ja,' zei ik, 'en dat heb je dan gemeen met hele kleine jongetjes, die denken ook dat de pies en de kindertjes uit hetzelfde gaatje komen.'

'O ja, dat is waar ook.'

Ik drukte mijn wijsvinger in haar navel.

'En onze dertiende opening, de tiende bij de mannen, zit voorgoed dicht.'

Ik had het heel plechtig gezegd, en door de toon van mijn eigen stem maakte zich een vreemde ontroering van mij meester, – ik zag plotseling een wonderlijk beeld: de vrouwen, die aan elkaar vastzaten met een miljoenen jaren oude, onafgebroken voortwoekerende, zich vertakkende navelstreng. De mannen hingen er aan als losse eindjes, franje.

Sylvia trok de lakens weer over zich heen.

'Hield Alfred van kinderen?'

Ik haalde mijn schouders op.

'Ik weet het niet of het dat was. Ik denk, dat hij ook zeker wou weten dat het niet aan hem lag. Het ging niet meer, ten slotte. Een huwelijk zonder kinderen wordt op de duur een heel riskante affaire. Een kind bindt twee mensen, en tegelijk is het een isolator. Ruzies lopen minder gauw op, want je moet aan het kind denken, al was het alleen dat het niet wakker wordt. Zonder kind is alles meteen veel feller, als je wilt kun je ieder moment uit elkaar gaan.'

'Zoals bij ons dus.'

Ik keek van opzij naar haar.

'Zoals bij ons dus,' zei ik. 'Maar daar staat tegenover, dat je zonder kind ook helemaal voor elkaar bent.'

Zij ging op haar zij liggen, met haar rug naar mij toe. De wending van het gesprek zat mij dwars, maar ik wist niet wat ik zeggen moest.

Na een tijdje zei zij:

'Je bent dus eigenlijk nooit van je moeder afgekomen.' Meteen zag ik mijn moeders rug weer, op het pad in de Jardin du Roi Albert I, de arm van de verpleegster om haar schouders. Ik was haar niet achternagegaan, uitgeput had ik de verdere ochtend aan het strand gelegen. Sylvia had het gedaan. Zo had het nooit mogen gebeuren, maar het was gebeurd. Ik had haar niet meer opgezocht; dezelfde middag nog hadden wij een auto gehuurd en waren Frankrijk ingereden, over secundaire wegen, etend waar het ons het beste leek en slapend waar het zo uitkwam. Tot Parijs. Heerlijke dagen – met op de achtergrond steeds het beeld van die oude vrouw, die op het eind van haar leven plotseling met een stok om zich heen begon te maaien.

Maar ook sinds wij terug waren, had ik haar niet weer geschreven. Ik had het barbaarse gevoel, dat ik haar moest offeren op het altaar van Sylvia.

Zij lag nog steeds met haar rug naar mij toe. Toen ik niet antwoordde, vroeg zij:

'Zou je willen, dat ik een kind van je kreeg?'

Met mijn armen onder mijn hoofd keek ik naar de japanse tekening van een vrouw, die zich 's ochtends wast in de beek, onder een bloesemtak. Ik begreep meteen, dat onze verhouding opeens in een kritiek stadium was gekomen. Een kind. Vroeg of laat moest het daarop uitdraaien; ik kende haar nu vier maanden, eigenlijk had ik het al veel eerder verwacht. Lesbisch waren we alleen in zover we met elkaar naar bed gingen, maar geen van beiden waren we vrouwen die kokhalsden alleen al bij het idee om met een man te moeten slapen. Nooit gingen we naar cafés of clubs voor homoseksuelen, of naar zo'n vrouwengetto, waarvan er een paar in de stad bestonden, – en wat mijzelf betreft: ik wist zeker, dat er nooit een andere vrouw in mijn leven zou zijn dan zij. Wat moest ik zeggen? Ik kon haar net zo min een kind geven als ik er een kon krijgen.

'We kunnen een kind adopteren, als je dat wilt.'

'Dat vroeg ik niet,' zei zij. 'Ik vroeg of je een kind van me zou willen hebben.'

'Ja,' zei ik. 'Natuurlijk. Maar dat kan niet.'

Daarna bleef het stil. Toen ik al dacht dat zij weer was ingeslapen, zei ze:

'Toen ik een jaar of veertien was, ben ik eens de zee ingelopen. Bij ons aan het strand in Petten. Ik weet er zelf niets meer van, mijn vader heeft het me verteld. Ik ging de dijk op en toen de dijk weer af, ik liep steeds rechtdoor, over het strand en toen de zee in, tussen de golfbrekers. Ik was helemaal aangekleed, ik geloof dat ik zo uit huis kwam en ik liep door tot ik kopje onder ging. Ik kon zwemmen, maar ik zwom niet. Strandjutters hebben mij er toen uitgehaald. Ze hebben kunstmatige ademhaling toegepast, ik was half bevroren, want het was november.'

Ik schrok van dat verhaal.

'Waarom deed je dat?'

'Ik weet het niet.'

'Waarom vertel je dat nu?'

'Ik weet het niet.'

Ik nam haar in mijn armen, ik was ongerust, ik voelde onheil en plotseling kwamen er tranen in mijn ogen.

'Huil je?' vroeg zij.

Ik drukte haar tegen mij aan. Nog nooit was ik zo dicht bij datgene in haar geweest dat ik niet begreep, datgene wat mij in haar aantrok. Maar ook had ik het gevoel, dat het afgelopen zou zijn tussen ons op het moment dat het werkelijk zichtbaar zou worden. Het was niet iets, dat zij zelf wist en voor mij verzweeg, het was wat zij was, iets dat niet gezegd kon worden maar alleen blijken kon. Ik wilde wel dat ik er minder dicht bij was, dat ik er in elk geval nooit dichter bij zou komen dan nu.

In mijn armen sliep zij in.

Vanaf Compiègne stond onafgebroken dezelfde auto in mijn spiegeltje. Wat walglijk is het contact met zo'n achterligger. Het was een witte Citroën, een man achter het stuur; als ik meer gas gaf, gaf hij ook meer gas, als ik vaart minderde, minderde hij ook vaart. Ik geloof niet, dat hij het op een of andere manier op mij had voorzien, want hij zag alleen mijn achterhoofd – ik denk dat hij zat te suffen en onwillekeurig in mijn kielzog bleef: ik was zijn leider geworden. Bij Parijs, waar de autoweg zich onophoudelijk splitst naar allerlei middeleeuwse poorten, raakte ik hem gelukkig kwijt.

Omdat ik altijd vergeet hoe ik om de stad heen rijden moet, zat ik ook nu plotseling vast in de straten, tussen groentestallen en een viaduct, waar een trein overheen daverde. Na veel vragen reed ik na een half uur eindelijk over de Pont des Arts, van waar ik de weg weer wist. Ik zette de wagen aan de kant en lunchte op een terras met zicht over de Seine op het Louvre.

Met Sylvia had ik de wandeling herhaald, die ik daarbinnen eens met mijn vader had gemaakt. Toen was ik nog een kind, en voor de eerste keer in Parijs met mijn ouders. Mijn vader zei, dat alle dingen in het museum zich bevonden op een lijn, die zich uitstrekte tussen twee punten. Het eerste was de Nikè van Samothrake bij de ingang, – marmer dat in de wind wappert, een witte, extatische verschijning uit een andere wereld, de overwinning, ook van de hand over de steen, onhoorbaar jubelend door het geschuifel in het trappenhuis. Het andere punt lag diep in het museum, op de assyrische afdeling, honderden meters verder. Mijn moeder was bij de renaissance gebleven.

De stèle van Hammoerabi. Een zwarte, slanke, glanzende steen, hoger dan een mens.

'Zie je dat het een wijsvinger is?'

In de bijna vierduizend jaar dat die steen bestaat, was mijn vader misschien de eerste die dat heeft opgemerkt: dat hij de vorm heeft van een opgeheven wijsvinger, de vermanende wijsvinger van de wet. Ik kende die vinger – van juffrouw Borst. Op de plaats van de nagel is de koning afgebeeld, staande neemt hij de wet in ontvangst van de zonnegod, die op een troon zit. Daaronder, op het vlees, in glinsterend spijkerschrift de honderden artikelen.

Eén er van herinner ik mij, mijn vader vertelde die toen en ik citeerde hem voor Sylvia:

'Heeft een bouwmeester een huis gebouwd dat instort, en de bewoner wordt daarbij gedood, dan zal die bouwmeester gedood worden; wordt de zoon van de bewoner gedood, dan zal de zoon van de bouwmeester gedood worden.'

'Hammoerabi was gek,' zei Sylvia. 'Wat kan die zoon er aan doen, dat zijn vader een prutser is?'

'De zoon van de bewoner is toch ook onschuldig gestorven?'

'Nou en? Is één niet genoeg?'

Zij kwam niet terug op het onderwerp kind, dat wij die zondagochtend besproken hadden, en ik ook niet, ofschoon ik er soms behoefte aan had. Ik had het gevoel dat daar iets smeulde, dat definitief gedoofd moest worden eer het alles in brand zette; maar aan de andere kant was ik bang, dat ik het juist zou oproepen en dan misschien niet meer in bedwang kon houden.

Kort er na las ik in de krant een vraaggesprek met een schrijver, van wie bij het begin van het Holland Festival een nieuw stuk in première zou gaan. Dat was in juni. Hij zei dat vrouwenrollen bij de grieken natuurlijk altijd door mannen werden gespeeld, verkleed en gemaskerd als vrouw. Dat werd algemeen beschouwd als een sociale conventie, en in de meeste gevallen was dat natuurlijk ook zo. Koninginnen, zoals Klytaimnestra of Iokaste, waren altijd bedoeld als vrouwen. Maar zo lang die conventie bestond, tot in de renaissance, hadden schrijvers volgens hem ook steeds een dubbelzinnig gebruik er van gemaakt en het bedoeld zoals het inderdaad gedaan werd: de 'vrouwen' waren dan geen vrouwen, maar mannen, travestieten. Wat de grieken betreft, daar bestonden helemaal geen gewone vrouwen: die waren zoiets als tegenwoordig elektronische keukenapparatuur annex broedmachines. Liefde tussen mensen bestond uitsluitend tussen mannen; als Plato in het *Gastmaal* over de liefde sprak, sloeg dat op de homoseksuele liefde. Daarom had hij, deze schrijver, nu eens de mythe van Orfeus en Eurydike op het toneel gezet als het verhaal van twee mannen. Daarbij voelde hij zich gesteund door het oudste verhaal van de mensheid, het *Gilgamesh Epos*, waarin ook een man zijn vriend gaat zoeken in de onderwereld.

'Zullen we daar heen gaan?' vroeg ik aan Sylvia.

Misschien, dacht ik, leverde het stuk iets op dat vorm kon geven aan de toestand, waarin wij zelf verzeild waren geraakt; misschien konden wij achteraf over dat stuk spreken, terwijl wij het in werkelijkheid over onszelf hadden. Op die manier kon het dan in bedwang worden gehouden.

Het was haar eerste première en zij maakte een jurk van zwart zijdelinnen. Al in de hall van de schouwburg bleek, dat wij niet de enige waren bij wie de boodschap was overgekomen. De elegantste nichten van de stad waren verschenen, – de oudere zorgvuldig gekapt boven hun gegroefde gezichten en soms gehuld in roodgevoerde capes, de jongere met lange blonde lokken en in doorzichtige kanten hemden, die openstonden tot hun navels, sieraden bungelend in hun borsthaar en hun ogen overal, behalve bij degene in wiens gezelschap zij waren. Verscheidene ook in gezelschap van opvallende, dikke oude dames, die slecht ter been waren; sommige alleen: parmantig met een schoudertasje en met een biljartkeu in hun rug leek het of zij niet liepen maar op een lopende band het theater inschoven. En dan natuurlijk degenen aan wie het niet te zien was. Lesbiënnes waren er weinig, voor zo ver ik het kon beoordelen.

In de zaal hing enige spanning, vond ik. Ik wees Sylvia op de artistieke beroemdheden, die meestal in kluitjes zaten, en op de industriële mecenassen met hun entourage van choreografen, binnenhuisarchitecten en modeontwerpers, omzoomd door mannequins die keken of zij blind waren. Sylvia knikte alleen, maar ik zag dat zij het wel mooi vond. In een donkere zijloge zat de schrijver van het stuk; ik kende hem nog uit de tijd van mijn huwelijk.

'Let op,' zei ik, toen de eerste gongslag weerklonk, 'nu komt Alfred binnen.'

Op dat ogenblik kwam hij binnen met zijn vrouw. Ik voelde plotseling een raar soort ontroering, waar ik mij over verbaasde. Hij liet haar plaatsnemen op de tweede stoel van de derde rij: daar waar ik zeven jaar lang bij elke première had gezeten. Zelf zat hij op de hoek, vlak bij de deur, zodat hij makkelijk weg kon.

'Is dat 'm? Die lange?'

Sylvia rekte haar hals, maar het licht begon al te doven.

Meteen het eerste decor kreeg een open doekje: een gestileerd, wittig woud tegen een donkere achtergrond; in één boom hing de goudkleurige vacht van een ram. Muziek weerklonk, gevechten, en met zwaarden die dropen van het bloed kwamen de Argonauten op. De draak was verslagen en zij keken op naar het Gulden Vlies. De hele voorstelling was zeer gestileerd; de regisseur had zich, verstandig genoeg, minder laten inspireren door de grieken dan door het neoclassicisme. Onder die boom vertelde Orfeus toen over Eurydike, die op hem wachtte en zich aan hem geven zou als hij het Gulden Vlies thuisbracht. Tussen al die mannen kreeg men geleidelijk het gevoel, dat er geen vrouwen bestonden op de wereld.

Het tweede decor kreeg ook een open doekje: een hoogromantisch boogbruggetje, in gebroken wit en met tegenlicht, overwoekerd door klimplanten en geflankeerd door twee verweerde, bemoste tuinvazen, waaruit trossen bloemen en vruchten hingen. De thuiskomst van Orfeus, het Gulden Vlies over zijn schouder. Ik vond het prachtig, maar ik ben dan ook met een natte vinger te lijmen door alles wat er op een toneel gebeurt. Eurydike was van een meedogenlozer schoonheid dan een vrouw ooit kan hebben, zoals een jongenssopraan of een countertenor altijd ongenadiger is dan een sopraan. De scène, waarin zij sterft aan een slangebeet, was vervangen door hun paring, gevolgd door een val van Eurydike in Orfeus' zwaard, – en het werd opmerkelijk stil toen voor het eerst in de stadsschouwburg te zien was, waarvoor men tot dat ogenblik alleen terechtkon in sekstheaters. Het festivalpubliek zag met eigen ogen het wonderbaarlijke sap in flitsende boogjes door de lucht vliegen. Ik had er even moeite mee dat daar voor een esthetisch doel vergoten werd, waarvan de afwezigheid voor Sylvia en mij een probleem dreigde te worden. Ik zag plotseling ook, dat al dat wittige van de kostuums en de zetstukken de kleur van sperma was.

Pauze.

'Hallo,' zei Alfred in het gedrang bij het buffet. In elke hand had hij een kop koffie.

'Dit is Alfred,' zei ik. 'Dit is Sylvia.'

Hij reikte haar een pink.

'Dag Sylvia,' zei hij vriendelijk. En tegen mij: 'Er is straks een nazitje. Als jullie het leuk vinden, kom dan ook even. In de bovenfoyer.'

'Nazitje,' herhaalde een jongeman met een baldadig engelengezicht, die tegen mij aan stond en het gehoord had. 'Wat bedoelt de grote criticus? Na-zitje of nazitje?' Hij grijnsde en zei: 'Dag.'

'Dag,' zei ik.

Ik moest lachen. Sinds mijn scheiding was ik dit soort spiritualiteit een beetje ontwend. Alles was nog net als altijd: alleen jonge en oude mensen spraken over het stuk, de rest keek naar elkaar of had het over heel andere dingen. Een mevrouw zei:

'Ik hoop niet voor die twee arme jongens, dat het stuk in serie gaat.'

'Ja, en met zondagmatinees,' lachte haar man. 'Maar misschien leren ze dat op de toneelschool.'

'Als jij ook eens zo'n cursus volgde, Jan-Willem?'

Als we langs collega's van de schrijver kwamen, hoorde ik alleen opmerkingen als 'Flauwe kul', of 'Effectbejag', of 'Puinhoop', of 'Helemaal niks'. Alles onveranderd. Ik kreeg geen gelegenheid om met Sylvia over het stuk te praten, onophoudelijk liep ik mensen tegen het lijf die ik in geen jaren gezien had. Sylvia werd nieuwsgierig bekeken, maar dat hinderde mij minder dan wanneer iemand mij niet herkende, of deed alsof. In elk geval wist nu de hele stad het, en dat gaf mij een gevoel van opluchting.

Toen de bel ging, was ik gelukkig weer met haar alleen.

'Wil jij straks naar dat nazitje?' vroeg ik, terwijl wij naar de zaal teruggingen.

'Zeg jij het maar.'

Na mijn laatste telefoongesprek met Alfred had ik er eigenlijk weinig zin in, maar daar had Sylvia niets mee te maken. Hij had trouwens erg aardig gedaan, en het was misschien goed voor haar als zij eens wat mensen ontmoette. Na een half jaar kende zij eigenlijk nog steeds alleen mij.

De Hades. Alles zwart tegen een witte achtergrond, – het negatief van de spermatische wereld der levenden. Pluto werd niet vermurwd door gezang maar door een rijmend gedicht, waarin Orfeus zijn verdriet beschreef. De dode Eurydike verscheen zonder pruik en aangeplakte wimpers en zag er uit als wat zij werkelijk was: een jongen. Het omkijken van Orfeus, het verzinken van zijn vriend. Daarop zijn verscheuring door de Bacchanten, gespeeld door zijn vrienden uit het eerste bedrijf, nu op hun beurt in travestie.

Bravo-geroep was er weinig, maar de schrijver had niet te klagen over het applaus. Onhandig en verlegen verscheen hij tussen de coulissen, de twee hoofdrolspelers namen hem bij de hand en leidden hem stralend en met brede gebaren naar het voetlicht, als hun achterlijke zoontje.

'Hoe vond je het?'

Tussen de portretten van acteurs, die nog na hun dood hun fantastische holle geweld uitstraalden, wandelden wij langzaam naar de bovenfoyer.

'Ik weet het niet. Wel mooi. Jij?'

Van ieder ander zou zo'n wezenloos antwoord mij geërgerd hebben, maar van haar niet.

'Heb je er iets van ons in herkend?'

'Van ons?' Verbaasd keek zij mij aan. 'Wie van ons zit er dan in de onderwereld?'

Ik lachte en nam zwijgend haar hand.

Jij, dacht ik. Jij zit in de onderwereld, want je bent een schim – niet van een gestorvene, maar van een ongeborene.

In de foyer speelde een orkestje nostalgische melodieën van rond de eeuwwisseling, die aan de wieg van mijn ouders moeten hebben weerklonken. De grote deuren naar het balkon stonden open. In het midden van de zaal onderhield de burgemeester zich met de directeur van de schouwburg, en uit een hoek wenkte Alfred. Hij stelde Sylvia voor aan Karin, zijn vrouw, slechtgehumeurd als altijd. Ik moest naast haar op de bank zitten.

'Denk je een beetje om de oppas?' zei ze tegen Alfred.

'Ik bel direct wel op.'

'Dat geeft niks, hij moet voor twaalven weg.'

'Dan ga jij dadelijk maar vast.'

'Ja, daar zal het wel weer op neerkomen.' En tegen mij: 'Een stuk student. Hij heeft morgen tentamen.'

Ik knikte.

'Zal ik iets te drinken halen?' vroeg Alfred. Hij nam onze bestelling op en ging naar de lange tafel, die vol ingeschonken glazen stond.

Die komt niet meer terug, dacht ik.

'Die komt niet meer terug,' zei Karin. 'Hoe gaat het tegenwoordig met je?'

'Uitstekend,' zei ik en lachte in de richting van Sylvia, maar zij rolde een sigaret en keek de zaal in.

'Je ziet er goed uit. Heb je je haar veranderd?'

'Dat geloof ik niet, nee. Maar het wordt tegenwoordig regelmatiger verzorgd.'

Alfred kwam alweer terug met de drankjes, onderweg zelfs iemand van zich afschuddend die opgewonden op hem inpraatte.

'Die wou me even vertellen, wat ik in mijn stuk moet schrijven,' zei hij. 'Wat vond jij er van?'

'Moet *ik* het je soms vertellen?'

'Het vrouwenoordeel is onschatbaar over een stuk als dit.' En tegen Sylvia: 'Wat jij?'

Sylvia knikte. De toespeling beviel mij niet helemaal, maar ik nam mij voor om het leuk te houden. Misschien was het trouwens helemaal geen toespeling.

'Mij vraag je anders nooit wat,' zei Karin.

'Wij hebben een heel ander contact, schat.'

'Ja ja.'

'Volgens mij,' zei ik, 'had hij net zo goed van Orfeus een vrouw kunnen maken als van Eurydike een man.'

Die opmerking was natuurlijk meer voor Sylvia bestemd dan voor Alfred – het leek mij bovendien zeer de vraag of het waar was. Alfred had zijn glas al aan zijn mond, maar zette het zonder een slok te nemen weer op tafel.

'Precies,' zei hij. 'Dat had voor hetzelfde geld gekund. Alleen had het dan niet geklopt met zijn uitgangspunt: dat ligt in de geschiedenis van het theater, en niet in het theater. Hij had er een essay over moeten schrijven, hij had aan moeten tonen dat bij voorbeeld Shakespeare de travestie gebruikte om bepaalde taboes te behandelen. De hele kwestie van de dubbeltravestie, – vrouwen, die zich als man vermommen: dat waren oorspronkelijk dus mannelijke acteurs, die een vrouw speelden die een man speelde, zodat je een soort man kreeg met een dubbele bodem. Ik zal nog wel eens een boek schrijven over de invloed van de theaterconventies op het theater. Jouw eigen vader heeft beter begrepen hoe je dat soort dingen moet aanpakken.'

'Dank je,' zei ik, alsof ik mijn vader was. 'Maar ik ben het niet met je eens. Ik vond het een heel mooie voorstelling.'

'Weet je,' zei hij en richtte zich tot Sylvia, 'de tragedie moet je zien als een paradox. Een tragedie bestaat uit twee waarheden, die elkaar tegenspreken. In het gewone leven staat de waarheid tegenover de leugen. Alle waarheden dekken elkaar of liggen in elkaars verlengde; ze kunnen elkaar nooit tegenspreken. Dat het momenteel buiten niet regent is niet in tegenspraak met het feit, dat wij hier nu gezellig zitten te praten.'

'Gezellig zitten praten noemt hij dat,' zei Karin.

'Nee,' zei Sylvia.

'Maar in de tragedie staat de menselijke waarheid tegenover de goddelijke. En aan die tegenspraak gaat de held ten gronde, zij trekt hem uit elkaar. Orfeus wordt uit elkaar getrokken, Oedipus rukt zijn ogen uit.'

'Zijn ogen?'

Bij de deur weerklonk een klein applaus. De schrijver kwam binnen, nu plotseling met uitgelaten danspassen, gevolgd door de acteurs, hun haren nog nat van de douche. Een beetje besmuikt keek de burgemeester naar de twee jongens, die elkaar voor de pauze hadden afgetrokken; maar ook een beetje trots, omdat hij de voorstelling niet had afgelast. De schrijver liep naar zijn vrienden, die opstonden en hem omhelsden.

'Is dat zijn vriendin?' vroeg Sylvia, toen zij zag dat hij met zijn arm om een jonge vrouw op de bank ging zitten. 'Is die knakker dan geen homo?'

Alfred lachte.

'Kennelijk ben jij de enige, die nog niet met hem naar bed is geweest.'

'Waarom schrijft hij dan zo'n gek stuk?'

'Ik denk dat er meer mensen zijn, die zich dat momenteel afvragen,' zei Alfred, terwijl hij mij aankeek.

'Waar wou je heen met je verhaal over de tragedie?' vroeg ik.

'Verhaal over de tragedie? Ja, ik wou beweren dat in de menselijke wereld een afspiegeling van die twee waarheden alleen te vinden is in het feit, dat er mannen en vrouwen zijn. Historisch ligt het natuurlijk eerder andersom, maar als je een stuk maakt met alleen mannen of alleen vrouwen, dan kun je nooit tot een echte tragedie komen, hoogstens tot allerlei melodramatische toestanden, die je mooi kunt ensceneren. Dat is wat we vanavond gezien hebben. Die draak achter het toneel was de hoofdpersoon.'

Sprak hij nog steeds over het theater? Was ik de prinses op de lesbische erwt, of zat hij op een doortrapte manier te beweren, dat een vrouw met een vrouw en een man met een man niets kon voorstellen, ook niet buiten de schouwburg? Alsof het hoogste in het leven het uit-elkaar-getrokken worden was, de grote tragedie, die dan zeker in zijn huwelijk met Karin begroet moest worden. Ik besloot om het er maar bij te laten zitten en niet verder te vissen, want eer ik het wist had ik een paar opmerkingen gemaakt, die Sylvia's avond zouden verknoeien.

Het was vol en warm geworden. Ook de kleedsters en de toneelknechten waren er nu, de burgemeester vertrok en sommige jonge acteurs van het gezelschap begonnen te dansen in de stijl van hun grootouders. Uit de verte zag de schrijver mij zitten en zwaaide. Ik legde mijn handen in elkaar en schudde ze boven mijn hoofd. Hij bracht de militaire groet, en toen hij opstond om naar mij toe te komen, stond ik ook op en ging hem een paar passen tegemoet. Ik wist wat hij wilde – alles was net als vroeger.

Ik kreeg een kus op mijn wang.

'Dat is een tijd geleden! Is het weer aan met Alfred?'

'Spaar me.'

'Hoe vond hij het?'

Toen ik een gezicht trok, zei hij:

'Zal wel, ja. Geef me een stuk papier en ik schrijf precies voor ze op wat hij gaat schrijven. En jij? Denk er om, vanavond uitsluitend complimenten.'

'Ik vond het een onsterfelijk meesterwerk.'

'Eindelijk een vrouw met onderscheidingsvermogen!' Nieuwsgierig keek hij langs mij heen. 'Wie is dat meisje?'

'Een vriendin van me,' zei ik zonder om te kijken.

'Zou je me niet even voorstellen?'

'Ik pieker er niet over.'

Sylvia legde haar hand op mijn schouder.

'Ik heb het warm, ik ga even op het balkon.'

'Als het toegestaan is, ga ik mee,' zei Alfred. En koeltjes tegen de schrijver: 'Hallo.'

'Gaan jullie maar,' zei ik, 'ik kom dadelijk.'

'Zo gaat het nu altijd,' zei de schrijver. 'Functionarissen wel maar kunstenaars niet. Kunstenaars moeten in de keuken eten, bij het personeel.' Hij lachte en gaf mij een hand. 'Tot ziens over tien jaar dan maar weer.'

'Succes!'

Toen ik Karin alleen op de bank zag, ging ik toch maar even bij haar zitten.

'Ze zijn op het balkon,' zei ze.

Het was vol op het balkon. Ik zag ze naast elkaar tegen de balustrade leunen en vond het prettig dat ze samen praatten. Het was of dat de breuk in mijn leven overbrugde en er zoiets als eenheid aan gaf. Karin begon weer te mopperen, over de oppas, over het theaterleven en over de ontoereikendheid van het zijn in het algemeen. Ze kon dan wel kinderen krijgen, maar daar was ook alles mee gezegd. Ik bepaalde mij tot knikken en nu en dan ja-zeggen.

'Ik moet weg,' zei zij na een minuut of vijf en stond op. 'Doe jij Alfred maar de groeten van me.'

'Wij gaan ook dadelijk.'

Ik slenterde naar het balkon. Beneden lag het drukke plein in de zomeravond.

'Je moet de groeten van Karin hebben, Alfred. Ze is naar huis.'

'Ja,' zei hij, 'de oppas.'

'Wou jij nog lang blijven?' vroeg ik aan Sylvia.

'Ik wil ook best naar huis.'

'Niet nog wat dansen, zoals laatst in Nice?'

'Waren jullie in Nice?' vroeg Alfred. 'Hoe is het met je moeder?'

Ik wist niet zo gauw wat ik zeggen moest. Sylvia draaide zich met een snelle beweging om en leunde over de balustrade.

'Ik heb haar je groeten overgebracht.'

'Is er iets met haar?'

'Dag,' zei Sylvia nu plotseling en reikte hem haar hand. 'Tot ziens.'

'Tot ziens, Sylvia,' zei Alfred.

Toen ik haar liet voorgaan en mij nog even naar hem omdraaide, stak hij zijn duim op en trok een gezicht waaruit een bewonderende gelukwens sprak.

Ik lachte gevleid.

In het museum liet ik Sylvia een paar dagen later de iconen zien. Het was gevestigd in een herenhuis aan de Keizersgracht, waarin op twee verdiepingen de verzameling-Zinnicq Bergmann werd getoond. Hij was een oudere vriend van mijn vader geweest en ik kreeg dat baantje aangeboden toen ik nog met Alfred was; omdat ik toch niet de hele dag thuis wilde zitten, nam ik het aan. Het souterrain werd bewoond door het echtpaar Roebljov. Meneer Roebljov, nu in de tachtig, was ook door Zinnicq Bergmann uit Sint Petersburg meegenomen, nadat hij daar, nog voor de revolutie, ambassadeur was geweest. Er waren allerlei pikante geruchten over de diplomaat en zijn jonge rus; maar na de dood van zijn meester was de knecht getrouwd met een hollandse, die er veel russischer uitzag dan hij. Boven, aan de voorkant, was de kamer van de administrateur, die eenmaal per week kwam; ik keek uit op de tuin.

'Mevrouw Roebljov – juffrouw Nithart.'

Mevrouw Roebljov, of Roebljova, die wij in het souterrain tegenkwamen, deed iets heel vreemds toen zij Sylvia een hand gaf: zij maakte een kleine buiging en ging meteen weer verder met vegen. Ik kon dat alleen verklaren door aan te nemen, dat zij onze verhouding, waarvan zij natuurlijk wist, een schande vond, en dat zij dat door die buiging probeerde te verbergen. Mensen verraden zich altijd het mooist door de manier, waarop zij zich niet willen verraden.

Boven, onder het barokke stucwerk van de hoge gang, zat meneer Roebljov aan zijn tafeltje de krant te lezen.

'Dit is juffrouw Nithart, meneer Roebljov, mijn vriendin.'

Hij zette snel zijn bril af, legde de krant weg, stond op en groette haar hoffelijk. Die avond, onder het eten, zou hij beslist tegen zijn vrouw zeggen, dat hij het een heel aardig meisje vond en dat iedereen maar zijn eigen leven moest leiden; waarop zij misschien zou zeggen: – Zwijg liever, Andrej. Zwijg liever.

'Is er nog iemand geweest vandaag?'

'Nog niet, mevrouw,' Zijn *niet* klonk nog steeds als *njet.* Hij reikte Sylvia galant zijn pen en liet haar het opengeslagen gastenboek tekenen.

Nu ik met Sylvia was, leek de stilte van het museum nog dieper dan anders. Onze hakken tikten op het marmer, maar toen wij in de kamers kwamen verdween ook dat geluid. Zij bleef staan. Op het roodzijden behang gloeiden de iconen als vensters naar een roerloze, gouden wereld.

Eenmaal was ik hier als kind geweest. Overal stonden toen grote leunstoelen en tafels, de iconen kan ik mij niet herinneren, wel de levenslustige godjes en de wijnranken van het zachtgroen beschilderde plafond. In een hoek van de kamer, met zijn rug naar het raam, zat de oeroude Zinnicq Bergmann, een plaid over zijn knieën en een wijnrood kalotje op zijn hoofd; zijn gezicht met de grote snor in de schaduw. De thee werd gebracht op een zilveren dienblad door dezelfde Roebljov, toen een man in de kracht van zijn leven, in een wijd russisch hemd met een ceintuur er omheen. Ik was een jaar of vijf en in mijn herinnering maakt mijn vader een dansje voor een somber kijkende Zinnicq Bergmann, op spitzen, zijn handen hoog boven zijn hoofd in de vorm van een vogel, terwijl mijn moeder achterover op een sofa zit, haar armen gespreid over de rugleuning en haar hoofd zingend in haar nek. Maar zo zal het wel niet gebeurd zijn.

Waar toen een lange tafel had gestaan met grote vellen papier erop, etsen misschien, de Carceri van Piranesi stel ik mij voor, stonden nu vitrines met illustratiemateriaal over de techniek van het icoonschilderen: penselen, verf, hout, beitels, lijm, krijt, bladgoud, hars. Ook foto's van schilderende monniken op de berg Athos, en van iconen op de plaats waar zij thuishoren, in kerken, in de Sovjet Unie en op de Balkan, door mijzelf genomen.

'Het lijken wel poppen,' zei Sylvia.

'Je staat nu tussen de heiligen. Je moet iconen niet vergelijken met vrome schilderijen in katholieke kerken. Het zijn niet alleen afbeeldingen van heiligen, ze zijn het ook zelf.'

'Hoe kan dat nou? Ze leven toch niet?'

Ik keek haar aan.

'Herinner jij je misschien nog, dat wij eens een foto aan je moeder hebben gegeven, waar jij opstaat met een zekere jongen in een reptielenhuis? Jij gaf die foto toen een kus.'

Zij wendde zich af.

'Thomas,' zei zij.

Langzaam begon zij langs de iconen te lopen. Bij het pronkstuk van de verzameling, de Annunciatie van Oestjoeg, uit de school van Novgorod, bleef zij staan. Even later ging zij er onder zitten, op de grond. Zij strekte haar benen, leunde met haar hoofd tegen de muur en sloot haar ogen.

'In Petten woonde ik vlak achter de dijk,' zei zij. 'Daar ben ik ook geboren. Als ik uit het raam keek of het huis uit kwam, zag ik altijd die dijk. Hij is hoger dan ons huis en het was net of de horizon twintig meter verderop lag. Een kaarsrechte horizon van steen. In de zomer lopen er meestal mensen op, uit de campings in de buurt, maar het grootste deel van het jaar is hij leeg. De zee is maar heel zacht te horen, maar als je op de dijk klimt ligt hij daar opeens te brullen, net een beest met gemene tanden, en de wind blaast in je gezicht. Altijd wind, wind, en die rotdijk. Zoiets als dit hier,' zei zij en deed haar ogen open, 'heb je daar niet. Je kunt je daar ook niet voorstellen, dat er zoiets bestaat. Als klein meisje dacht ik al: ik wil later ergens wonen waar het nooit waait, en waar je nergens zo'n lange rechte streep van steen ziet. Net achter het dorp gaat de dijk weer over in de duinen, dat was mijn lievelingsplekje. Daar kon je goed zien hoe mooi en oud de duinen zijn. Misschien vind je het gek als ik het zeg, maar toen ik je moeder in Nice met die witte verpleegster bij ons vandaan zag lopen, moest ik ineens aan die plek denken. Vind je dat gek?'

'Nee,' zei ik. Ik was een beetje ontroerd. Nog nooit had zij zo lang achter elkaar gesproken.

'Jij hebt mij daar uitgehaald. Dat is niet waarom ik van je hou, maar zonder jou had ik daar nog steeds gezeten. Ik hou van je, weet je dat? Nog nooit heb ik dat tegen iemand gezegd. Ik zal altijd van je houden, zul je dat nooit vergeten? Ook als we ruzie hebben, en als je zulke verschrikkelijke dingen tegen me zegt, dan nog heeft dat niets te maken met mijn houden van jou. Dat zit veel dieper. Ik kan niet zeggen, hoe diep.'

Op de gang hoorde ik mijnheer Roebljov met iemand praten.

'Je bent lief,' zei ik. 'Maar nu moet je opstaan, er is een bezoeker.'

De nameloze landschappen. De hellingen en dalen die allemaal namen hebben en een geschiedenis; waar de grond verschilt en door boeren en geleerden onderzocht is en in kaart gebracht; waar de druiven verschillen en de wijnen; landwegen met namen, waarop zich eeuw in eeuw uit gebeurtenissen hebben afgespeeld; de vlakten, waarin veldslagen hebben gewoed, mensen zijn getroffen door pijlen en kanonskogels; dorpen, die werelden vormen; – alles gleed in een lauwe stroom voorbij. In het ene landschap was ik het vorige vergeten, zoals je op straat onafgebroken gezichten ziet, die je onafgebroken vergeet. Het was nog steeds bewolkt, maar al veel warmer, de insecten, die tegen mijn voorruit uit elkaar barstten, namen toe in aantal en werden geleidelijk groter. Afzichtelijke gele kwakken waren er bij.

Toen ik 's middags in de buurt van Avallon getankt had, en de moordpartij van de ruit had laten wassen, ging ik in het wegrestaurant weer een kop koffie drinken. De eerste die ik daar aan een tafeltje zag zitten, was de auteur van *Orfeus' vriend*. Hij was zo bruin van de zon, dat zijn blauwe ogen verbleekt leken.

'Zo zie je elkaar nog eens,' zei hij en stond op. 'Met vakantie?'

Omdat ik het niet nodig vond hem met mijn gestorven moeder te belasten, bevestigde ik het.

'Waar?'

'In Nice.'

'In augustus in Nice? Word je daar niet gek?'
'Het kwam zo uit. En jij?'
'Ik ben op weg naar huis. Ik ben de dag na de première weggegaan en heb twee maanden zitten werken in een geheim italiaans bergdorp. Het bestaat voor de helft uit ruïnes en voor de andere helft uit oude mensen. Heerlijk, geen krant, geen radio, geen verkeer, geen niets. Is er nog wat gebeurd in Amsterdam?'
Was er nog wat gebeurd in Amsterdam?
'Je hebt niets gemist,' zei ik.
'Twee maanden geleden hebben we elkaar voor het laatst gezien, maar ik heb een gevoel of het tien jaar is.'
'Ja,' zei ik, 'ik ook.'
'Je gevreesde ex-echtgenoot heeft toen minder gunstig over me geschreven, dat las ik nog net de volgende dag. Een draak, noemde hij het.'
'Vergeet het maar. Hij had ook liever jouw stuk geschreven willen hebben dan zijn recensie.'
'Volgens hem had ik mezelf de weg naar het tragische geblokkeerd. Alsof ik niet alles wat de recensenten in een uurtje bedenken, zelf honderdmaal bedacht heb, maar blijkbaar redenen had om het te verwerpen. Naar die redenen konden ze beter gissen. Je vraagt je af waarom ze het zelf niet doen als ze het zo goed weten.'
'Je schijnt het je nogal aan te trekken. Natuurlijk heeft hij zelf schrijver willen worden.'
'Ach?'
'Wat dacht je dan? Wat ben je toch naïef. Enfin, daar ben je dan zeker schrijver voor. Hij had alles al kapotgekritiseerd voordat hij begon. Soms vertelde hij me wel eens een idee, maar een dag later wist hij altijd al dat het zo niet kon, of dat een ander het al had gedaan.'
'Wat misschien ook zo was. Maar dat weet je pas als je iets gedaan hebt. Je moet altijd eerst maar eens iets doen. Laat

maar staan voorlopig, want anders kun je niet overschrijden.'

'Niet wat?'

'Overschrijden, je eigen bedoelingen overschrijden. Uit de dag in de nacht komen, je eigen nacht, waar een ander nooit geweest is. Ik heb nu net in één ruk een roman geschreven, maar ik heb geen idee wat het voorstelt. Thuis tik ik het uit, en dan zal ik het wel eens kritisch bekijken. Als je met de kritiek begint, ben je net een man die een drol eet in de hoop dat hij een brood zal schijten.'

'Niet slecht.'

'Overigens, over drol gesproken, ik heb nog een versje op hem gemaakt.'

'Hij schijnt je te inspireren.'

'Tegenstand inspireert altijd,' zei hij en bladerde in een vettig blauw notitieboekje. 'Je moet alleen oppassen, dat je niet voor de kwaadwilligen gaat schrijven. Hier heb ik het. *Recensent:*

A.B. schrokt mijn kookkunst
en drukt de dag daarop
zijn recentste keutel:
'Moet je ruiken,'
spreekt hij lakend,
'en dat noemt zich kok.'

'Ga je dat publiceren?' vroeg ik.

'Misschien. In een hoekje van een of ander tijdschrift. Waarom?'

Het meisje kwam en ik bestelde koffie.

'Weet je,' zei hij, 'dat ik nog vaak heb moeten denken aan dat meisje, dat je toen bij je had?'

Ik moest mij een beetje beheersen, terwijl ik hem aankeek.

'Waarom?'

'Ik weet het niet. Je kent dat toch wel, dat je iemand ziet aan wie je op het moment zelf helemaal niet zo veel aandacht besteedt, maar die naderhand steeds weer voor je ogen verschijnt. Net alsof het veel meer was dan gewoon een gezicht, maar een heel landschap.'

'Wat voor landschap zag je in het hare?' Ik voelde mij plotseling niet helemaal goed, ik was een beetje bang voor wat hij zou gaan zeggen.

'Dan moet ik nadenken,' zei hij en sloot zijn ogen. Zijn kin rustte op zijn handen en zijn mond stond een beetje open, alsof hij beter kon denken wanneer hij niet door zijn neus ademde. Langzaam zei hij: 'Ik zag haar daar zitten, achter je... toen stond ze op en zei iets tegen je... ze ging weg...'

'Naar het balkon.'

'Eén moment keek ze me aan, vlak voordat ze haar hand op je schouder legde... Een wittig landschap. Helemaal verlaten. Het was of ik tussen hoge, gele rotsen op een bergkam stond en ik keek uit over een woestijn, die zich tot de horizon uitstrekte, een zee van stenen en zand, met alleen een lege weg, die er doorheen slingerde –'

...

Toen ik bijkwam stond hij over mij heen gebogen. De buffetjuffrouw hield een brok ijs in mijn nek. Op tafel zag ik wat bloed tussen scherven en gemorste koffie.

'Wat is er gebeurd?' vroeg ik.

'Je werd bewusteloos.'

'Hoe lang?'

'Een halve minuut, een minuut. Hoe voel je je nu?'

'Het gaat al beter.'

Terwijl ik het zei, voelde ik dat ik moest overgeven. Aan de hand van de buffetjuffrouw holde ik naar het toilet, zonk op mijn knieën en braakte. Toen ging het beter. Zuchtend bleef ik nog even zitten; de toiletjuffrouw keek door een kier en zei, dat ik mij kon wassen. Ze liet me in een klein kamertje, bestemd voor het verschonen van baby's. Er stonden comfoortjes om eten op te warmen en op een hoge commode lag een concaaf kussen van lichtblauw plastic. Het ging steeds beter, maar in de spiegel zag ik zoiets als de geest van mijn gestorven tweelingzuster. Op mijn voorhoofd bloedde een kleine wond, die door de toiletjuffrouw voorzien werd van een pleister.

'Ik deed mijn ogen open,' zei de schrijver, 'en ik zag je langzaam vooroverklappen, net de pop van een buikspreker. Heb je dat vaker?'

'Ik ben alleen moe. Ik heb de hele dag gereden en vannacht niet geslapen, ik ben sinds ruim dertig uur wakker.'

'Behalve daarnet dan toch. Zeg, je bent een verstandige vrouw, die gescheiden is van een criticus, dus je slaat dadelijk rechtsaf naar Avallon; daar neem je een hotelkamer en je slaapt eerst eens goed uit. Anders laat ik je sleuteltjes afpakken door de Polizia Stradale, of hoe dat hier in Frankrijk heet. Stel je voor dit gebeurt je achter het stuur. Je bent een gevaar voor jezelf en de mensheid.'

Ik knikte, maar hij geloofde het niet erg. Hij keek op zijn horloge.

'Ga jij nu maar naar Amsterdam,' zei ik.

'Beloof je het?'

'Kom zeg, ik blijf hier rustig nog wat zitten, en dan zie ik wel. Ga jij nu maar fijn je manuscript uittikken. En als je voordeur niet dadelijk open wil, dan komt dat door alle kranten die er achter liggen.'

Het begon er mee – niet lang na die middag in het museum – dat zij geen antwoord meer gaf.

'Is er wat, Sylvia?'

...

'Waarom zit je zo voor je uit te kijken?'

...

'Is er iets gebeurd of zo?'

Zij keek mij even aan en toen weer voor zich.

'Waarom zeg je het niet, als er iets is?'

...

'Sylvia, in godsnaam, zeg wat!'

'Er is niks.'

'Moet je ongesteld worden?'

'Nee.'

'Wat is het dan?'

...

'Begrijp je dan niet, dat het niet kan wat je nu doet? Je kunt je toch niet zo voor me afsluiten? Wat is er de laatste dagen met je?'

...

Wij kenden elkaar nu bijna een half jaar, de eerste verliefdheid was voorbij en er traden nieuwe wetten in werking. Zij was jong, zij wist niet dat dat altijd zo ging; ik moest haar helpen om dat stadium door te komen, het haar uitleggen, haar vertellen dat er iets anders voor in de plaats kwam, dat niet minder was maar eerder meer kon zijn – dat in zekere zin onze verloving nu afliep en dat het huwelijk begon. Maar hoe kon ik dat doen als zij mij niet tot zich toeliet?

'Is er iets in onze verhouding dat je hindert?'

...

'Of verveel je je gewoon? Moet je misschien iets gaan doen? Laten we er dan over praten. Het hoeft toch niet met alle geweld kapster te zijn, als je daar geen zin in hebt. Er zijn toch ook allerlei andere baantjes. Ik ken genoeg mensen om je aan iets leuks te helpen.'

...

Zij begon een schoonmaakmanie te ontwikkelen. Stofzuigen deden wij vroeger hoogstens eenmaal in de week, en dan nog eigenlijk voor de grap: wij vonden het nu en dan leuk om schorten voor te doen, rode boerenzakdoeken om ons haar te knopen, alle ramen open te zetten en als echte huisvrouwtjes vreselijk in de weer te zijn, een plaat van Frank Sinatra op de pick up. Nu kwam het voor, dat zij tussen de middag geen brood had gehaald omdat de boekenkast in mijn werkkamer plotseling schoongemaakt moest worden. Op een trapleer stond zij alle vakken te zemen en borstelde de boeken stuk voor stuk af.

'Waar is dat voor nodig, Sylvia?'

'Wat denk je wat daar een stof in zit? Volgens mij is het nog nooit gebeurd.'

'Nou en?'

'Dat is toch zeker ongezond, al dat stof. Daar word je allergisch van.'

'Jij soms?'

Een dag later moesten de gordijnen weer gewassen worden en de ramen met spiritus gelapt. Of ik zag, als ik thuiskwam, de kleden over de balustrade hangen en Sylvia die uit de gevel leunde en met een matteklopper er op sloeg.

In bed daarentegen nam haar initiatief juist af.

'Ik ben moe. Ik heb een beetje hoofdpijn.'

Soms dacht ik, dat zij overdag alleen zo in de weer was om 's avonds moe te kunnen zijn en een beetje hoofdpijn te hebben. Het ging niet goed. Er was een proces aan de gang, dat op een of andere manier onderbroken moest worden. Terwijl wij zwijgend tegenover elkaar zaten te eten, besloot ik plotseling om de knoop door te hakken:

'Luister, Sylvia, zo gaat het niet langer. Wil je misschien een paar dagen naar huis, naar je moeder?'

Zij knikte mat.

Maar zij knikte meteen. Kennelijk had zij er zelf ook al aan gedacht maar had zij het niet als eerste willen voorstellen. Maakte ik een fout, of was het de oplossing? Daar in Petten, hoopte ik, zou het haar al gauw naar haar strot vliegen, zodat zij de toestand met mij anders ging bekijken.

Het leek of het als een opluchting voor haar was gekomen. De rest van de avond brachten wij door met kletsen en met een rekenspelletje, dat wij plotseling uitvonden. *De Wereldreus* doopten wij het. Hoe lang was de dagelijkse drol van de wereldreus? Er leefden drie miljard mensen op aarde, die elk gemiddeld een drol van twintig centimeter produceerden; van kinderen was hij wat korter, in Europa en Amerika wat langer dan in de Derde Wereld, maar alles bij elkaar kwam het neer op zeshonderdduizend kilometer, dat wilde zeggen van hier naar de maan en terug. Aan het oog van de wereldreus moest de formule πr^2 te pas komen, en ik herinner me dat het kleiner was dan we dachten, zoiets als de koepel van een bescheiden kerk, maar misschien heb ik me verrekend.

'En nu de pik,' zei Sylvia. 'De stijve pik van de wereldreus.'

Toen zij die helemaal van voren af aan wilde gaan uitrekenen, wees ik haar er op, dat hij veel sneller van de drol afgeleid kon worden. Door namelijk eerst de helft daarvan te nemen, omdat de vrouwen afvielen, en dan, bij een gemiddelde lengte van tien centimeter, nog eens de helft. Tien centimeter was natuurlijk aan de korte kant, maar daarmee werden de kleine jongetjes en de oude mannen verrekend. Het was toch nog van hier tot halverwege de maan.

We lachten en gingen naar het raam, maar het was bewolkt.

'Wil je toch maar niet eigenlijk blijven?' vroeg ik, toen wij naar bed gingen. 'Je ziet dat het best gaat tussen ons.'

Zij schudde haar hoofd. Meteen zakte zij terug in die treurnis van haar. Zij ging met haar rug naar mij toe liggen, en of zij gauw insliep weet ik niet. Wij zeiden niets meer. Ik lag op mijn rug in het donker te staren en naar haar ademhaling te luisteren, het was of de melancholie als een donzen deken over mij heen kwam liggen.

Toen ik de volgende ochtend wakker werd van de wekker sliep zij nog. Ik kleedde mij aan, zette thee en kuste haar. Meteen sloeg zij haar armen om mijn nek, gekweld.

'Ga je vandaag?'

'Het is beter, geloof ik.'

'Hoe lang blijf je weg?'

'Ik weet het niet, ik weet het toch niet, lieveling.'

'Bel je me over drie dagen?'

'Ja.'

'Vandaag is het dinsdag, morgen woensdag, overmorgen donderdag. Bel me vrijdag, na het eten.'

'Ja.'

'Afgesproken?'

'Ja.'

Toen ik tussen de middag thuiskwam, was zij weg. Het huis was leeg. Ik merkte dat ik gehoopt had dat zij er nog zou zijn, dat de tafel gedekt was, of desnoods de hele boel overhoop gehaald, en dat zij haar armen om mij heen zou slaan en zeggen: – Ik ben niet gegaan, ik weet niet wat mij bezielde maar het is allemaal voorbij, alles wordt weer als vroeger. Maar van de wastafel waren haar potjes en haar tandenborstel verdwenen. Het bed was opgemaakt; de twee kussens lagen in het midden op elkaar. In de keuken was alles afgewassen en opgeruimd, – toen ik goed keek, zag ik dat zij ook nog gedweild had.

Het was alsof zij het huis had ontsmet, zoals na een epidemie.

De volgende drie dagen besteedde ik voornamelijk aan het bedwingen van de neiging om haar op te bellen. Het was als toen ik het roken had opgegeven en van het opstaan tot het slapengaan bezig was met het niet opsteken van een sigaret. 'Het is doodeenvoudig,' had Alfred gezegd, 'je hoeft alleen maar de volgende niet op te steken.' Die volgende sigaret werd toen een ding, dat geleidelijk de hele wereld overvleugelde, zoals de vrijmetselarij voor een gepensioneerde postbode, die de verkeerde boeken leest. Pas door hem eindelijk op te steken, werd de wereld bevrijd van dat juk.

De eerste avond at ik in de stad, maar al bij de vissoep werd ik onrustig van het idee, dat zij misschien nu al belde. Ik schrokte de rest naar binnen en ging snel naar huis, in de open voordeur verstarrend om te luisteren of boven de telefoon juist ging. De verdere avond vocht ik met de neiging om te bellen of zij misschien gebeld had. Misschien zat zij thuis en hoopte zij wel dat ik zou bellen, en schaamde zij zich om het zelf te doen, zo gauw al. Maar ik deed het niet, want misschien zou zij zich achtervolgd voelen, terwijl zij juist weg was gegaan om tot zichzelf te komen.

Toen ik de tweede avond thuiskwam, was het al of zij er nooit was geweest. Zij bestond helemaal niet, ik herinnerde mij haar uit een of ander boek, dat ik wat al te intensief had gelezen. Ik was alleen, een gescheiden vrouw met een oude moeder in Nice. Maar toen ik aan mijn moeder dacht, was zij meteen weer werkelijk. Door haar was ik van mijn moeder vervreemd, niet door haar schuld, maar door haar bestaan. Sinds die middag in mei had ik niets meer van mij laten horen en ook van haar niets meer gehoord. Hoe ging het met haar? Ik had sindsdien elke gedachte aan haar onderdrukt, zoals iemand de gedachte aan zijn belastingaanslag onderdrukt – wat net zo lang goed gaat tot de deurwaarder komt. Ik moest haar schrijven, ogenblikkelijk, dit was het moment. In mijn werkkamer deed ik een vel papier in de schrijfmachine, draaide het er weer uit en schreef met de hand:

'Lieve mama!

Het is nu twee maanden geleden, dat wij in Nice die afschuwelijke scène hadden.'

Verder kwam ik niet. Ik had geen idee hoe ik het moest aanpakken. Ik had er ook de rust niet voor. Ik bakte twee eieren en bleef de hele avond besluiteloos rondhangen; om een of andere reden kwam ik er ook niet toe om de televisie aan te zetten. Toen ik naar bed ging, liet ik de deur van de slaapkamer open, zodat ik de telefoon kon horen.

Donderdagavond was het makkelijker. Er was een receptie van de roemeense ambassade in Den Haag, waarna ik ging dineren met een paar museumfunctionarissen uit Boekarest. Ik kwam laat thuis en voelde zoiets als plankenkoorts voor de volgende avond.

Terwijl ik vrijdag op haar telefoontje wachtte, probeerde ik voor de zoveelste keer te achterhalen, wat het eigenlijk was in haar waaraan ik zo verslingerd was. Ik was wel eerder verliefd geweest, ook op Alfred was ik verliefd geweest, maar met Sylvia was het iets anders, – en ik geloofde niet dat dat kwam door het feit, dat zij een vrouw was. Zij had net zo goed een jongen kunnen zijn. Hoewel? Ik met een jongen van twintig? Het was vermoedelijk toch nodig dat zij een vrouw was, al was het alleen om geen gigolo te zijn. En als zij nu even oud als ik was geweest, of ouder? Was het feit dat zij jong was misschien de voorwaarde van alles? Maar al die andere jonge meisjes dan, die mij onverschillig lieten?

Om acht uur kwam het plotseling in mij op, dat zij misschien niet zou bellen maar terugkomen. Maar misschien was zij de sleutel kwijt en deed de bel het niet! Ik rende de trap af, deed de voordeur open en drukte op de bel. De bel deed het. Ik drukte nog eens en stelde mij voor, dat het Sylvia was.

Maar om elf uur had zij nog steeds niet gebeld. In een soort verstijving zat ik naar de telefoon te kijken en vroeg mij af, wat ik moest doen. 'Na het eten' hadden wij afgesproken, dat is om acht uur, hoogstens om negen uur of half tien. Hoe laat eet een opzichtersgezin in Petten? Vermoedelijk om zes uur! En hoe laat gingen ze naar bed? Toch beslist niet na twaalven. Terwijl ik wachtte, had ik het gevoel of alle klokken de aarde als evenveel kleine propellertjes door de tijd moesten trekken.

Om kwart voor twaalf hield ik het niet meer uit: ik ging haar opbellen. Ik nam de hoorn van de haak en overwoog, wat ik moest zeggen, maar legde hem snel weer neer voor het geval zij net nu zou bellen. Meteen nam ik hem weer op en draaide haar nummer, ik zou wel zien, het kon mij niet schelen wat er van kwam.

Het overgaan van het signaal gaf mij onmiddellijk rust: er was al een soort contact. Het duurde lang.

'Ja, hallo?'

De stem van haar vader, ik hoorde dat ik hem wakker had gemaakt. Misschien dacht hij dat er onraad was aan de dijk.

'Meneer Nithart? U spreekt met mevrouw Boeken uit Amsterdam.'

'Hallo? Wat zegt u?'

'U spreekt met mevrouw Boeken, de moeder van Thomas.'

'Hoe laat is het?'

'Na elven. Ik stoor toch niet?'

'Is er wat met Sylvia?'

'Ik heb een boodschap voor haar, misschien is het dringend. Of slaapt zij al?'

'Is Sylvia dan niet bij u?'

'Wat zegt u?'

'Sylvia is hier niet, Sylvia is in Amsterdam.'

'Is ze vanavond teruggegaan?'

'Ogenblikje, is er soms iets gebeurd? Zegt u het dan liever meteen.' Hij was nu helemaal wakker.

'Absoluut niet, maak u niet ongerust. Dan zal ze zo wel komen. Neemt u mij niet kwalijk, dat ik u zo laat gestoord heb.'

'Sylvia was alleen een dag of drie geleden even hier. Ze is dezelfde avond weer weggegaan, net als altijd.'

Op hetzelfde ogenblik was het of mijn gezicht van rubber werd. Er was een catastrofe aan de gang, al die dagen al. Maar eer ik dat besef goed tot mij door kon laten dringen, moest ik haar vader geruststellen en een eind aan het gesprek maken.

'Ja natuurlijk, dat weet ik, meneer Nithart. Maar vanmiddag zei ze dat ze iets vergeten had in Petten, en toen dacht ik dat ze misschien teruggegaan is. Dan zal ze wel de stad in zijn. Met mijn zoon.'

'U hebt me aan het schrikken gemaakt.'

'Gaat u alstublieft rustig slapen, niets aan de hand.'

'Ja, nu ik u toch heb, mevrouw, kunt u er niet voor zorgen dat wij Thomas eens te zien krijgen? Ik heb begrepen, dat wij in Amsterdam niet welkom zijn. Sylvia heeft haar leven altijd voor zichzelf gehouden, ze is altijd bang dat iemand zich er mee zal bemoeien. Maar het is alleen belangstelling, tenslotte is zij ons enige kind.'

Ik dwong mij rustig en beheerst te blijven praten.

'Ik heb het ze al zo vaak gezegd, maar wat kan ik doen?'

'Wanneer was het – dinsdagavond ben ik er weer over begonnen, maar ze kapt het meteen af. Misschien is er een mogelijkheid dat –' Hij ging verder, hij wilde nog meer zeggen, maar ik hield het plotseling niet meer uit.

'Er wordt gebeld!' riep ik. 'Dat zullen ze zijn. Welterusten, meneer Nithart, ik zal ook weer een poging wagen, en nog eens: excuus voor het late telefoontje.'

'Geeft niets, geeft niets. Tot ziens, mevrouw.'

Ik legde de hoorn neer en begon te beven. Wat was er aan de hand? Zij zou drie dagen naar huis gaan en mij dan opbellen, maar zij was dezelfde dag weer weggegaan en had niet gebeld. Zij was ergens, nu, op dit ogenblik. Waar was zij? Zij was ergens waar zij mij niet wilde bellen, hoewel zij wist dat ik er op zat te wachten. Als er een ongeluk was gebeurd, had ik het nu van haar vader gehoord. Er was iets anders gebeurd. Ik begon snel in de kamer op en neer te lopen, alsof ik door nadenken haar verblijfplaats aan de weet kon komen. Was het mogelijk, dat zij voorgoed weg was? Nee, want al haar kleren waren er nog.

Haar kleren! Ik holde naar de kast. De kast was leeg. Alleen nog papiertjes, knopen, lappen, defecte ceintuurs, haarspelden, een gescheurde panty, plukjes watten, een kapotte bh en een munt van vijftig centimes.

Ik liet mij voor de kast op de grond vallen. Zij had alles meegenomen, nooit kwam zij terug. Zij had iemand ontmoet, altijd was zij de hele dag alleen geweest en nu had zij de knoop doorgehakt en was er vandoor met zo iemand als die jongen uit Artis, een of andere Thomas. Iemand had mijn Sylvia afgepakt! Met open mond lag ik tegen het tapijt. 'Sylvia, lieve Sylvia,' snikte ik, terwijl onder mijn gezicht een natte plek ontstond van speeksel, tranen en snot, – en terwijl ik mijzelf daar tegelijk op een vreemde manier op de grond zag liggen, alsof ik ook nog in een bovenhoek van de kamer een oog had, bij het plafond.

De dag daarop, het was zaterdag, hoefde ik niet naar het museum. Ik hoopte nog steeds dat zij zou bellen, maar ik geloofde er al niet meer aan. Leeg en onbewogen stond het huis om mij heen. Overal waar ik liep, zag ik haar. Op de bank, aan tafel, bij de pick up, aan het raam, in de keuken, in het bad, in bed, in mijn werkkamer, de boeken afborstelend. De brief aan mijn moeder, waar één regel op stond, verfrommelde ik en gooide hem in de prullemand. Ik had haar boven mijn moeder verkozen; nu was ik even alleen als mijn moeder. Ik legde mijn handen op de zitting van de fauteuil, waarin zij altijd met opgetrokken knieën had gezeten. Ik legde mijn handen niet op mijzelf, ofschoon mijn eigen lichaam haar het intiemste had aangeraakt. Ik was er niet meer voor mijzelf, alleen zij was er nog. Ergens vulde zij een stukje ruimte op met haar lichaam, een klein stukje, daar zat zij in, maar ik wist niet waar dat was.

'Bel je me over drie dagen?'

'Ja.'

'Afgesproken?'

'Ja.'

Ik smeerde een boterham en stak hem in mijn mond, maar ik kon niet bijten, mijn kaken bleven openstaan en ik legde hem weer weg. Ik ging op de bank zitten en zag weer haar rug voor de etalage van de juwelierswinkel, zag haar weer staan op het gazon in Nice.

'Sylvia is hier niet, Sylvia is in Amsterdam.'

'Sylvia is in Amsterdam.'

'Sylvia is hier niet, Sylvia is in Amsterdam.'

Ik kreunde en kreeg weer een huilbui, die mij minutenlang door elkaar schudde. Maar terwijl ik huilde, dacht ik aan die ene keer dat ik net zo had gehuild – nog in Leiden, ik was een jaar of zeventien. Met een vriendje was ik naar een gangsterfilm geweest. Het ging over een boerenzoon, die naar de grote stad was gekomen en daar in de misdaad verzeilde. Ten slotte schoot hij iemand dood, maar werd zelf aangeschoten door de politie. Dodelijk gewond sleepte hij zich naar zijn auto en reed terug naar het platteland, over een lange, smalle weg met voorbijflitsende bomen. Ik greep de leuningen van mijn stoel vast, ik zat stil en links en rechts schoten de bomen voorbij. Toen hij bij de boerderij van zijn ouders was gekomen, liet hij de auto met draaiende motor staan en strompelde bloedend het weiland op. In de verte stond een paard met een veulen. Toen hij stervend in het gras viel, kwam de merrie naar hem toe gedraafd en drukte haar snoet in zijn nek. THE END. Het licht ging aan en schuddend van het huilen liep ik de bioscoop uit. Maar ook op straat hield het niet op, het werd steeds erger, mijn vriendje wist niet waar hij het zoeken moest van schaamte. Ik liep een steeg in en met mijn gezicht tegen een regenpijp bleef ik minutenlang staan huilen, terwijl ik niet wist waarom.

Ik dacht: als zij mij nu zo zag huilen, zou zij misschien terugkomen. Maar zij was er niet om het te zien, het was of ik eigenlijk voor niets huilde. Ik waste mijn gezicht en ging de straat op.

'Kom je bij me wonen?'

'Als je dat wilt.'

'Sylvia is in Amsterdam.'

'Doe je voeten over elkaar.'

'Ze is dezelfde avond weer weggegaan, net als altijd.'

Ik kreeg een duizeling, heel even, het was of ik een halve centimeter van de grond werd getild.

'Ik zal altijd van je houden, zul je dat nooit vergeten?'

Natuurlijk kon het niet bestaan, het was een illusie geweest. 's Middags, terwijl ik in het museum zat, was zij de stad ingegaan. In een boutique had zij een truitje gekocht van het geld dat altijd in de bovenste la lag, en was in een studentencafé een kop koffie gaan drinken.

'Laten we weggaan hier. Al die mensen. Ik wil ergens met je alleen zijn, waar we rustig kunnen praten.'

'Ik vind het best.'

'Waar zullen we heen gaan?'

'Zeg jij het maar.'

'Zullen we bij mij thuis iets drinken? Ik zal je heus niet verkrachten.'

'Ik vind het best.'

'Ik vind het best.'

'Ik vind het best.'

'Zullen we bij mij thuis iets drinken?'

'Ik vind het best.'

Ik dacht alleen aan een man, een jonge man, het kwam niet in mijn hoofd op dat er sprake kon zijn van een vrouw. Ik was de vrouw in haar leven, zij in het mijne.

'O, dus jij bent mijn moeder?'

'Sylvia is hier niet.'

'Heb je me eindelijk zo ver?'

Ik voelde mij als een vlieg, die midden in zijn vlucht door iemand met een opgevouwen krant in een hoek was geslagen. De hele dag zwierf ik door de stad, vermoedelijk zocht ik haar, ofschoon ik niet oplette. In de namiddag bleef ik plotseling staan en haalde een papiertje uit mijn tas, dat ik ooit eens in de keuken had gevonden:

brood
boter
koffie
eieren

Alsof dat niet te onthouden was. Het was heel dun geschreven, met een potlood waarop bijna niet was gedrukt, heel teder. Het was het enige geschrevene, dat ik van haar had. Ik keek naar het ronde handschrift, waaruit bleek dat zij volgens andere lettervoorbeelden les had gekregen dan mijn generatie.

'Het handschrift van het verraad,' zei ik hardop en stopte het weg.

Ik haatte haar. Dat halffrigide misbaksel, dat pas na eindeloos gedoe kon klaarkomen en dan nog met een ruk haar bekken naar achteren trok, mij wegduwde en zich gekweld afwendde alsof zij gepijnigd werd.

Of was er helemaal geen man? Meteen toen ik dat dacht, sloeg ik de richting van mijn huis in. Wilde zij misschien gewoon alleen zijn? De toestand bij haar thuis had al na een paar uur op haar zenuwen gewerkt en zij was bij een vroegere vriendin gaan logeren. Die had zij alles verteld, van begin tot eind, op de rieten mat zittend, haar benen onder haar lichaam, in een kamertje met een reproductie van Degas aan de muur, en bamboe houdertjes met hangplanten. Maar waarom had zij dan niet gebeld? – Ben je gek, laat haar maar een tijdje in de rats zitten, had haar vriendin gezegd. Of misschien was zij nog niet in het reine met zichzelf en wilde zij mijn stem nog niet horen. Ik zou haar smeken om terug te komen, maar dat zou nog niet juist zijn. In plaats daarvan had zij mij gisteravond een lange brief geschreven.

Ik riep een taxi en ging naar huis. De avondbestelling was om half zes. Toen ik afrekende, zag ik de postbode uit mijn portiek komen. Een teken! Maar in de bus lag alleen een kaart waarop stond, dat mijn rijbewijs binnenkort was verlopen en dat men het voor een luttel bedrag voor mij kon vernieuwen, wat mij een hoop rompslomp zou besparen. Misschien had hij hem in de verkeerde bus gedaan, dat gebeurde wel vaker. Ik belde aan bij de buren. Uit het luidsprekertje bij de bel kwam een elektrische vrouwenstem:

'Wie is daar?'

'De buurvrouw. Zit er misschien een brief voor mij bij u in de bus?'

'Kijkt u zelf maar even.'

De deur zoemde open. De bus was leeg.

'Was er wat?'

'Ja hoor, ik heb hem!' riep ik vrolijk.

'Zeker van dat aardige meisje?'

'Ja!' riep ik en trok de deur dicht. 'Welbedankt!'

Op de drempel van mijn kamer bleef ik staan. Alles onveranderd. Wat moest ik in hemelsnaam beginnen?

De telefoon ging. Het geluid was mooier dan de bazuinen van Jericho, – maar het was Karin.

'Waar zit je toch de hele dag?'

'Karin, ik ben niet in stemming –'

'Wat denk je misschien van mij?'

'Wat is er dan met jou?'

'O, is het je nog niet opgevallen? Die lieve Sylvia van jou is er met Alfred vandoor. Maar ik zit hier met twee kinderen, jij niet.'

Het was of uit de diepte van de hemel een discus kwam aanvliegen en mij tegen mijn voorhoofd trof.

Dinsdagavond had hij gezegd, dat hij onverwacht voor de Theaterwoche naar Berlijn moest; in werkelijkheid zat hij met Sylvia ondergedoken in een hotel in Amsterdam. Vanmiddag was hij het Karin zelf komen vertellen, daarna zou hij naar mij gaan. Sylvia en hij hadden besloten om bij elkaar te blijven. Verontwaardiging voerde de overhand bij Karin, veel verdriet leek zij er niet van te hebben. Zij gaf mij het adres – ergens aan de Amstel.

'Ga ze maar eens opzoeken,' zei zij.

Halfgek ging ik in mijn auto zitten en reed er heen. Hotel Hannie. Een obscuur pand achter het Rembrandtplein. In de gang hing de gebeitste huid van een krokodil; in het achterhuis, een paar treden af, rookte een dikke man met alleen een broek en een onderhemd aan een sigaar, in een kamertje dat volgepropt was met meubeltjes en snuisterijen, alles in het rood en beige en van kristal: het boudoir van een duitse film over het drama van Mayerling, gezien door het verkeerde eind van een verrekijker.

'Ik kom voor meneer Boeken.'

'Kamer één,' hijgde hij.

Dat was aan de voorkant. Ik klopte hard en deed meteen de deur open. Op het tweepersoons bed lag Alfred te lezen. Ik keek rond door de popperige kamer.

'Waar is Sylvia?'

Hij legde snel zijn boek weg en sloeg zijn benen van het bed.

'Luister –'

'Waar is Sylvia, godverdomme!' schreeuwde ik. Hij kwam naar mij toe. 'Blijf van me af! Waar is Sylvia?'

Aan zijn ogen zag ik hoe ik er uitzag, dat hij bang was dat ik haar iets zou aandoen. Hij ging naar de wenteltrap, die in een hoek in de kamer uitkwam.

'Sylvia?' zei hij.

Door het nauwe gat kwam Sylvia toen uit het souterrain – eerst haar bleke gezicht en haar smalle schouders, vervolgens de zwarte jurk die zij in de schouwburg had gedragen. Toen ik het zag, haar hier, bij Alfred, niet bij mij, was het of ik ergens diep in mijn lichaam voelde dat ik ziek werd, dat daar plotseling iets verschoof en onherroepelijk scheef kwam te zitten.

Zonder iets te zeggen omhelsde ik haar en drukte mijn gezicht in haar hals. Zij liet het gebeuren, maar haar armen bleven langs haar lichaam hangen, alles hield zij slap. Toen ik het merkte, liet ik haar dadelijk los. Het was definitief afgelopen. Ik wilde meteen weg, maar toen ik zag hoe haar gezicht in die gekweldheid was gegleden, kon ik het niet.

'Laat ons even alleen,' zei ik tegen Alfred. En toen hij aarzelde: 'Sodemieter op! Ik zal haar heus niet vermoorden.'

Hij verdween in het trapgat en ik ging op de rand van het bed zitten.

'Ga zitten,' zei ik.

Zij schudde haar hoofd.

'Wat is er allemaal aan de hand, Sylvia? Wat moet je in deze hoerenkast?'

Ze zei niets.

'Is dit het nu? Is het nu helemaal afgelopen tussen ons?'

'Je moet niets meer zeggen,' zei ze en bleef voor mij staan als een meisje dat door de directrice ter verantwoording is geroepen.

Ik voelde dat zij niets meer zou zeggen. Moest ik haar vastgrijpen en met geweld mijn auto insleuren en mee naar huis nemen? En dan? Haar opsluiten? Zij stond een meter van mij af en het was of ik de warmte van haar lichaam voelde. Ik kon niet weg. Ik was als iemand die op de laatste dag van zijn vakantie, de koffer gepakt en de taxi besteld, snel nog even met gesloten ogen in de zon gaat zitten.

'Ga maar,' zei ik. 'Roep Alfred maar.'

Ik verborg mijn gezicht in mijn handen omdat ik haar niet in het gat wilde zien verdwijnen. 'Dag Sylvia.'

...

Wat wisselden zij voor blik beneden? Gaven zij elkaar snel een kus? Drukten zij even elkaars hand?

Alfred kwam boven en ging op de stoel naast de wastafel zitten.

'Vanmiddag was ik bij je aan de deur om het je te vertellen, maar je was er niet.'

Ik hief mijn gezicht op en keek hem aan.

'Ben je misschien helemaal krankzinnig geworden, Alfred?' Hij sloeg zijn ogen neer. 'Sinds wanneer is dit aan de gang?'

'Dat weet je.'

'Hebben jullie daar op dat balkon toen meteen een afspraak gemaakt?'

'Nee. Ik heb haar de volgende middag opgebeld.'

'Dus het ging van jou uit?'

'Zoals je wilt. Maar als het alleen van mij was uitgegaan, had ik het niet gewaagd om haar op te bellen, dat begrijp je wel.'

'En toen hebben jullie elkaar iedere dag gezien?'

'Regelmatig.'

'En toen zijn jullie regelmatig met elkaar naar bed geweest.'

'Nee. Dat is hier pas gebeurd.'

'En afgelopen dinsdag? Belde Sylvia jou toen op en zei ze, dat ze een paar dagen bij mij weg was?'

'Ja.'

Ik dacht dat ik zou kotsen van ellende.

'En toen zijn jullie het hier een beetje gaan uitproberen. Duurde het daarom zo lang?'

'Ja – maar niet zoals jij bedoelt.'

'O, jij bedoelt het meer geestelijk. Dat zal wel, ja. En als het niet geklopt had, dan was jij eenvoudig in Berlijn geweest en Sylvia bij haar ouders, en Karin en ik hadden niets gemerkt.'

'Maar het klopte.'

Ik knikte.

'En nu ben jij dus Thomas.'

'Thomas? Wat bedoel je?'

'O, weet je dat nog niet?' Ik kon het niet tegenhouden, mijn ogen liepen vol tranen. 'Waarom in godsnaam juist zij, Alfred? Omdat ik met haar was?'

'Nee. Om haarzelf.'

'En Karin? En je kinderen, die je zo nodig moest hebben? Weet je eigenlijk wel waar je aan bezig bent?'

'Ja,' zei hij, 'dat weet ik precies. Ik blijf bij haar. Ik ben niet van plan om van Karin te scheiden, maar als Sylvia het wil zal ik ook scheiden.'

Haar naam zo uit zijn mond te horen, was bijna nog onverdraaglijker dan haar met hem in dezelfde kamer te zien.

'En wil ze dat?'

'Daar is niet over gesproken.'

Dat was het dus. Ik zweeg. Ik moest nu weggaan, maar de aanwezigheid van Sylvia, vlak onder mij, hield mij nog steeds vast.

'Weet je,' zei Alfred, 'ieder mens heeft geloof ik het gevoel, dat hij er eigenlijk niet bij hoort, bij het leven van de andere mensen. Dat hij op een of andere manier iets anders is, een gast, en hij doet alle mogelijke moeite om te zorgen, dat de anderen dat niet zullen merken. Dat is het gevoel, dat alle mensen gemeen hebben, en daardoor horen ze juist bij elkaar. Maar bij Sylvia heb ook ik het gevoel, dat zij er niet bij hoort, dat zij iets anders is, dat zij eigenlijk niet bestaat. Daardoor vermindert ze op een vreemde manier dat gevoel in mijzelf, want ik moet haar er bij doen horen. Dat is het, geloof ik. En het enige wat er dan overblijft om te zeggen, is dat zij na jou mij heeft gekozen om te bestaan.'

Ik stond op en ging zonder nog iets te zeggen de deur uit.

De auto liet ik staan en ik begon langs de Amstel te lopen. Toen ik bij de schutting van een afgebroken huis kwam, ging ik op de treden zitten van het souterrain, dat nog bestond. Met mijn ogen op de dichtgespijkerde deur en op de ontbindende resten, die uit gescheurde vuilniszakken puilden, dacht ik aan wat hij gezegd had. Hij had nauwkeurig geformuleerd, wat ook ik altijd had gevoeld. Met al haar uitgekooktheid bestond zij niet echt, – haar uitgekooktheid moest dat opvullen. Hoorde zij daarom meer bij hem dan bij mij, omdat hij het kon formuleren en ik niet?

Er was maar één mens, die mij dat had kunnen zeggen, maar die was dood.

's Middags werd ik in de buurt van Lyon gepasseerd door een grote zwarte sportwagen. Ofschoon ik honderddertig reed, schoot hij mij zo snel voorbij dat het was alsof ik stilstond. Een man en een vrouw zaten er in. Op hetzelfde moment zag ik het hotel voor mij waar zij heen gingen: het witte paleis in Cannes, of in Monte Carlo, met het hoge smeedijzeren hek en de oprijlanen van grint.

Met een sprong verdwenen zij over de heuvel, het was alsof er boven even een nabeeld bleef hangen.

'Waar ben je?'

Nooit was hij zo aanwezig in zijn studeerkamer als wanneer hij er niet was. Ofschoon mijn moeder het niet wilde, sloop ik als meisje vaak naar binnen als hij college gaf. De boeken. De lange eiken tafel met paperassen. De leunstoel voor zijn bureau. De versleten leren fauteuil voor de studenten, waarin ik Alfred voor het eerst heb gezien, toen ik thee kwam brengen. Al die kastjes en tafeltjes en rekken. De studeerkamer van een man moet stampvol dingen staan, of ascetisch leeg zijn, – iets er tussenin, zoals later de kamer van Alfred was, is nooit goed. Zonder ergens aan te komen bleef ik minutenlang staan, en het was dan of ik in zijn lichaam was.

'Ben je weer in pappa's kamer?'

Het was februari en de zon scheen warm door het glas en in de tuin. Lente! Ik holde naar buiten, maar er waaide een ijskoude wind. Snel ging ik weer naar binnen, achter de glazen deuren. Toen pas zag ik de rimpelende, zwarte regenplasjes in het gras.

'Je weet, dat ik dat niet hebben wil!'

Drie kwartier later stond in mijn spiegeltje net zo'n wagen als daarstraks. Hij naderde even snel of nog sneller, alsof hij de eerste achterna zat. Maar toen hij passeerde, zag ik dat het dezelfde was. Zij waren ergens gestopt en hadden wat gegeten of gedronken.

Maar twintig minuten later kwam ik in een file terecht. Na vijf minuten zag ik in de verte de rode en blauwe zwaailichten. Agenten dirigeerden ons naar de linker rijbaan, waar wij langzaam langs hen defileerden. Dwars op de berm stond een truck met oplegger, zelf in twee verdiepingen volgeladen met nieuwe auto's. Daar waren zij onder gekropen, alsof zij ergens bang voor waren. Eén moment zag ik ze allebei zitten in hun opengescheurde wagen: voorover, in slaap, terwijl de reusachtige motor hun hele lichaam opvulde, van hun schoot tot hun kin: – zij hadden zichzelf ingehaald.

Er groeide een steen in mijn lichaam, een grote kei, zoals die in Holland niet voorkomen en die sommige mensen in de achterbak van hun auto uit het buitenland meenemen om in hun tuin te leggen.

's Ochtends, op weg naar mijn werk, leek het of de hele stad was aangetast. In die stad waren zij beiden, sliepen vermoedelijk nog, zij op haar rug en met haar armen boven haar hoofd, zodat haar okselharen te zien waren die zij van mij niet mocht afscheren, want dat vond ik een aseksuele damesgewoonte; hij met een arm over haar middel en een been over haar dijen. Daarvan zagen de straten er uit als op foto's uit de oorlog. Als ik in het museum kwam en meneer Roebljov zat nog niet bij zijn tafeltje, sloeg ik in het gastenboek snel even haar handtekening op: zij had haar naam niet anders geschreven dan zoals zij *brood* of *zout* schreef.

Haar liefdesverklaring van die middag was een afscheidstoespraak geweest. Toen al had zij hem ontmoet, in dat walglijke hotel natuurlijk. Nadat iedereen het eenmaal wist, waren zij verhuisd naar hotel Krasnapolsky op de Dam, zoals ik van Karin had gehoord. Nu en dan sprak ik Karin door de telefoon, ik kon het niet over mijn hart verkrijgen haar op te zoeken en bij haar te zitten als een soort lachspiegelbeeld van Sylvia en Alfred. Elke keer vroeg zij hoe de zaken er nu voor stonden. Zij vond geloof ik, dat ik er maar voor moest zorgen dat alles op zijn pootjes terechtkwam. Ik was voor haar de schuld van alles: eerst had ik haar Alfred geleverd, die had haar in de steek gelaten, en wel met iemand die ook weer van mij afkomstig was. Eigenlijk moest ik nu bij haar intrekken en een vader voor haar kinderen zijn, dan was de zaak rond.

Ook mijn vroegere vrienden en kennissen zocht ik niet op. Als ik ze eens tegenkwam en liet doorschemeren dat het mij beroerd ging, toonden hun gelaten knikjes dat ze het niet al te ernstig namen, en dat ik hen er in elk geval niet mee lastig moest vallen. Huwelijken, scheidingen, dat kwam ook in hun wereld voor, maar daar moest geen toestand van gemaakt worden, dat was ouderwets en puberachtig, – en wanneer het een vrouw en een meisje betrof, dan was dat helemaal ridicuul. Het was of zij wilden zeggen: – Wees een kerel.

Maar ik was geen kerel – net zo min als de kerels. Soms kon ik mij 's avonds niet beheersen, en eer ik ging slapen reed ik even langs Krasnapolsky. Eenmaal was ik het al voorbij toen ik ze om de hoek op de donkere gracht zag aankomen. Hij had zijn arm om haar schouders. Ik weet niet of de gedachte om gas te geven, de stoep op te springen en ze overhoop te rijden ook toen in mij opkwam, of dat ik er pas nu aan denk. Ik deed het in elk geval niet, in plaats daarvan deed ik mijn grote licht aan om ze te verblinden, want ik wilde niet dat ze de wagen zouden herkennen. Alfred sloeg zijn arm voor zijn gezicht, maar Sylvia sloot zelfs haar ogen niet: recht keek zij in de schijnwerpers.

Alles wat ik die weken in juli deed, was begeleid door het onafgebroken besef, dat zij niet meer bij mij was. Ik deed zo weinig mogelijk, het liefst zat ik in mijn kamer voor mij uit te kijken. Of ik keek naar de foto in het reptielenhuis, waar wij gearmd en lachend opstonden, genomen door Thomas. Ik zat in het langzame verglijden van de tijd, zoals iemand die ergens op wacht waarvan hij weet, dat het nog lang kan duren. In vliegtuigen heb ik mij altijd zo gevoeld. Ik was nooit echt bang, maar wel was er altijd zoiets als een besef, dat ik het vliegen met mijn voortdurende aandacht moest begeleiden; als ik dat losliet en iets ging lezen, al was het maar de gebruiksaanwijzing voor het zwemvest onder mijn stoel, zouden de motoren daar onmiddellijk gebruik van maken en allerlei mankementen gaan vertonen, en ten slotte ongetwijfeld uitvallen of in brand vliegen. Dus kijk ik de hele reis naar het voorbijglijden van de landerijen en de dorpen in de diepte, of in het verblindende wit van de wolken tegen het raampje, waarin het lijkt of de machine stilstaat, of zelfs achteruit vliegt.

Eén boek las ik: de brieven van Abélard en Héloise. Ik wist niet dat ik het had, het was te voorschijn gekomen toen Sylvia de kasten had schoongemaakt. Het was een bibliofiele uitgave; op het schutblad stond mijn vaders handtekening, met een jaartal van voor mijn geboorte.

De eerste brief was gericht aan een vriend, die het moeilijk had: *'Ik heb besloten om U het relaas van mijn eigen rampen te schrijven bij wijze van troostbrief.'* Toen hij Héloise in 1118 ontmoette en verleidde, was hij al een van de beroemdste filosofen van zijn tijd; uit zijn school, die hij gesticht had op een heuvel buiten het toenmalige Parijs, is de Sorbonne voortgekomen. Héloise was zeventien, tweeëntwintig jaar jonger dan hij. Zij woonde bij de kanunnik Fulbert, die zich haar oom noemde maar waarschijnlijk haar natuurlijke vader was, – dat had de mijne althans met potlood in de marge geschreven. Zij werd zwanger, hij ontvoerde haar en zij beviel van een kind, dat zij Astrolabius noemden. Fulbert, die waanzinnig veel van zijn dochter hield, was in alle staten. Tegen de zin van Héloise – die een tegenstandster van het huwelijk was en liever zijn maîtresse bleef – kwam Abélard ten slotte met hem overeen dat hij haar zou trouwen, maar in het geheim, want anders zou zijn theologische loopbaan in gevaar komen. *'Net zoiets als bij Fulbert zelf dus'*, stond met potlood in de marge. Maar Fulbert zorgde dat het toch bekend werd, waarop Héloise zwoer dat het onwaar was en in een klooster ging om een eind te maken aan de geruchten. Maar nu dacht Fulbert, dat Abélard haar daartoe gedwongen had, en nam zijn maatregelen: *'Op een nacht, terwijl ik sliep, hebben zij wraak op mij genomen met een allervreselijkste en onterende bestraffing, waarvan de wereld heeft opgehoord in de allergrootste verbazing. Zij hebben mij namelijk beroofd van die lichaamsdelen, waarmee ik de daad, die zij zo betreurden, had begaan.'*

Ik had het gevoel of ik zelf die vriend was aan wie hij schreef. Maar het troostte mij niet, want tegelijk voelde ik mij die arme gecastreerde Pierre zelf, die inmiddels ook in een klooster was gegaan. Héloise kreeg de brief onder ogen, waarop zij hem schreef dat hun liefde hen weer bij elkaar moest brengen, desnoods ten koste van de eeuwige verdoemenis: *'Ik ontbeer wat ik heb misdreven, ik smacht er naar. Alles maak ik nog eens met U door en kan zelfs in de slaap niet tot rust komen. Soms verraadt een onwillekeurige beweging van mijn lichaam de gedachten, die mij bezighouden.'*

Dat was ik in de nacht, 's nachts was ik Héloise. Abélard verwees haar naar God, en hun briefwisseling eindigt in theologische vaklectuur, – bij mij was het de natuur. Misschien kwam het doordat ik nog steeds te weinig at, maar soms was het of Sylvia zich aan de hele wereld meedeelde. Op een avond legde zich een onbedaarlijke zonsondergang over het Leidseplein met de schouwburg, zoals ik nog niet eerder had gezien in de stad. De gebouwen en het verkeer werden opgetild naar een ademloos bestaan, waarin zij minutenlang veranderden in een sprookjesachtig proces. Dakramen zonden oranje signalen uit, tramrails werden van goud. Daar stond ik tussen en bewoog mij niet meer. Sylvia, dacht ik, Sylvia. Ik bleef staan tot alles belandde in een zacht violet, en toen plotseling teruggleed in het heldere grijs, waaruit het was voortgekomen.

Eind juli kwam ik van het museum thuis en vond in de bus een blaadje, dat uit een agenda was gescheurd:

'Om 8 uur kom ik weer langs, ik moet je even spreken. – Sylvia.'

Een minuut lang bleef ik er mee in mijn handen staan. Dat handschrift. Zij was hier geweest. Mijn eerste impuls was om haar op te bellen, maar dan zou zij misschien door de telefoon zeggen wat zij te zeggen had, en dan kreeg ik haar niet te zien. Maar als het door de telefoon gezegd kon worden, dan had zij mij wel opgebeld. Het was iets anders, het was iets waarvoor zij mij persoonlijk spreken moest. Het was iets belangrijks.

Wilde zij terugkomen?

Was het allemaal een avontuurtje geweest? Een niets ontziende gril, waar zij na een paar weken genoeg van had? Ik was volkomen onvoorbereid op die mogelijkheid. Ging zij misschien al later op de avond haar spullen ophalen, als ik het goed vond? Wat had zij dan intussen allemaal aangericht? Ik las het briefje over en over. Het was koel, er was geen aanhef, zelfs niet mijn naam. Zij moest mij 'even' spreken – schreef men dat als men bij iemand terug wilde komen? Misschien was zij onzeker hoe mijn reactie zou zijn en wilde zij voorkomen, dat ik mij er van te voren tegen wapende. Anderzijds, wanneer zij echt terug wilde komen, dan was zij eenvoudig teruggekomen, met de sleutel, die zij nog steeds had.

Ik wist het niet. Maar voor alle zekerheid ging ik meteen de deur uit en kocht een fles champagne. Toen ik hem in de ijskast zette, voelde ik mij opeens vol energie. Het was zes uur en ik wilde wel dat zij had geschreven, dat zij pas om tien uur zou komen. Het was een warme zomeravond, ik zette de ramen open en begon mijn papieren op te ruimen, wat sinds weken niet gebeurd was, bladerde in boeken en zette de televisie aan. Alleen al de zekerheid, dat zij zo dadelijk hier zou zijn, waarvoor het ook was, gaf een horizon aan mijn bestaan – zoals bij een ruimtevaarder, die uit de grenzeloosheid terugkeert in de dampkring.

Terwijl ik naar het nieuws zat te kijken, ging de bel. Ik trok de deur open en zag haar beneden aan de trap, – tegelijk met haar beeld kwam een warme luchtstroom naar boven, die mij passeerde en via de kamer het huis weer verliet door de ramen.

'Mag ik boven komen?'

In de kamer keek zij rond op een manier waaruit bleek, dat zich al veel andere indrukken over haar herinnering hadden gelegd. Zij keek rond zoals ik altijd rondkijk, wanneer ik van een buitenlandse reis terugkom: alles is vertrouwd, maar op een of andere manier in elkaar gestort, te vertrouwd. Zij zag er slecht uit. Om haar hals droeg zij een kleine groene scarabee aan een gouden kettinkje. Ik nam het in mijn hand.

'Van Alfred?'

'Ja. Mooi, hè?'

Aan haar vinger droeg zij nog steeds onze ring, net als ik.

'Wil je iets drinken?'

Zij schudde haar hoofd.

'Ik blijf niet lang.'

Zij ging zitten en begon een sigaret te rollen. Ook de nagels van haar rechterhand waren weer verdwenen.

'Hoe gaat het met je, Sylvia?'

'Goed,' zei ze en keek mij aan. 'En met jou?'

Ik haalde mijn schouders op.

'Slecht. Maar dat wist je al.'

Zij knikte en trok haar tong langs het vloeitje.

'Je bent mager geworden,' zei ze.

'Alsof ik ooit dik was. Maar jij, waarom zie jij er slecht uit als het je goed gaat?'

Na een paar seconden keek ze mij weer aan.

'Ik kom mijn paspoort halen.'

De champagne zou in de ijskast blijven.

'Je paspoort?' Ik staarde haar aan. Op hetzelfde ogenblik herinnerde ik mij, dat het nog bij dat van mijzelf moest liggen; toen we naar Nice gingen, had ze het mij gegeven. Ze had vergeten het mee te nemen, sinds al die tijd was het het enige geweest dat ik nog van haar had. 'Waarvoor?'

'Ik ga naar Londen.'

'Met Alfred?'

'Ja.'

'Voor hoe lang?'

'Weet ik niet. Hij wil niet in Amsterdam blijven. Hij kan daar theatercorrespondent worden of zoiets. Hij is ook een boek aan het schrijven.'

Eindelijk was hij zijn Boek aan het schrijven, waarover hij mij altijd al aan mijn hoofd had gezeurd, – Sylvia was zijn muze.

'En je ouders? Wat weten die van de hele zaak?'

'Mijn ouders hebben niks met hem te maken. Ze denken dat Thomas een studiebeurs heeft gekregen, voor Oxford.'

'Oxford. Heeft Alfred dat bedacht?'

'Ja.'

Natuurlijk, dacht ik, Oxford, – de lul.

'En als je moeder hier weer eens langskomt, dan moet ik dat spelletje zeker blijven meespelen, voor jullie gerief?'

'Als je wilt. Anders sta je zelf voor gek.'

Dat was de koele waarheid.

'Toch begrijp ik het niet,' zei ik. 'In ons geval was dat sprookje voor mijn part nodig omdat ze niet mocht weten, dat je met een vrouw leefde. Maar nu had je toch gewoon kunnen zeggen dat het uit is met Thomas en dat je nu met mijn gescheiden echtgenoot bent? Met Thomas' vader dus, zulke dingen komen voor, net als het omgekeerde.'

'Als ik het maar begrijp.'

'En dat Alfred aan die flauwe kul meedoet, begrijp ik ook niet. Hij wil toch bij je blijven? Waarom bouwt hij zijn nieuwe leven op een leugen?'

'Omdat ik het wil.'

'En waarom wil je het?'

Zij zweeg. Zij zou het niet zeggen. Na een tijdje vroeg ik:

'Wanneer ga je?'

'Zo gauw ik mijn paspoort heb.'

'Je krijgt het niet,' zei ik.

Zij stond meteen op.

'Dan ga ik maar.'

Ik bleef zitten en sloeg mijn benen over elkaar.

'Dat hebben jullie besproken, hè? Als ik het niet wilde geven, zou je meteen weggaan en morgen een nieuwe pas aanvragen op het stadhuis in Petten. Dat zou maar een paar dagen schelen.'

'Ja.'

'Je weet, dat je ook een aanklacht tegen me kunt indienen bij de politie?'

'Ja, maar dat zouden we niet doen.'

'Toch aardig. Zit hij soms buiten in zijn auto op je te wachten?'

'Nee.'

'Is hij niet meer bang, dat ik je iets aandoe?'

Toen zij niet antwoordde, ging ik naar mijn schrijftafel en haalde haar paspoort er uit. Ik sloeg het even open om naar haar foto te kijken: een veel jonger meisje. Het leek meer op het meisje, dat ik een half jaar geleden had ontmoet, dan op het meisje dat nu in mijn kamer stond. Ik zag plotseling hoe zij was veranderd: iets ronds en donzigs was uit haar gezicht verdwenen, het was harder geworden, vrouwelijker.

Ik gaf haar het paspoort. Wij zeiden niets meer. Eer zij de trap af ging, haar hand al op de leuning, keek zij mij even aan met een onbegrijpelijke, stralende blik.

Ergens bij Orange, waar de eerste cypressen in het landschap verschenen, betrapte ik mij er op dat ik met tussenpozen zat te dromen, – of eerder waren het taferelen, die onder het rijden heel kort voor mij opdoken. Ik dacht aan de haardunne straaltjes, die ik eenmaal uit Sylvia heb zien opspuiten. Ik streelde haar, en plotseling ontsprong aan haar geslacht een ragfijn, helder fonteintje, zo fraai en artistiek, dat ik de volgende dag vergeefs een paar uur besteedde aan het zoeken naar zo'n fonteintje in de schilderkunst. Ik wist, dat ik het ergens had gezien. En nu herinnerde ik het mij opeens: bij Runge, een romantisch duits schilder van rond 1800, in zijn tekeningen *Die Tageszeiten*. De stap van daar naar de gepluimde romeinse grotesken in de Engelenburcht was toen niet moeilijk meer.

Op dat ogenblik zag ik mijn vader en moeder boven de weg, gearmd en in het wit; in de verte stond een schimmel.

Ik dacht er over na waar ik, in de werkelijkheid, eerder zulke fonteintjes had gezien. Bij Karin. Zij had haar eerste kind gekregen, de jonge vader had mij dolgelukkig opgebeld en ik was niet te beroerd geweest om op kraamvisite te gaan. Toen het kind weer in de wieg lag, liet zij mij een van haar borsten zien: in de diepte was het weefsel gebarsten en zag er uit als marmer. Op dat moment begon het kind te huilen, en bijna nog eerder dan haar oren het gehoord konden hebben, spoot uit haar tepel de melk in net zulke straaltjes.

Toen zag ik plotseling een straat die ik niet kende, laat in de avond, er stonden grote herenhuizen en dikke bomen, het stormde, drie kleine meisjes op fietsen werden hulpeloos door de storm voortgeblazen door de laan, gehuld in gele wolken van herfstbladeren, wijdbeens, hun voeten van de razende pedalen en hun haren voor zich uit geblazen, met grote ogen van angst keken zij waar zij terecht zouden komen.

En verder had ik ze eenmaal gezien toen er een kalkoen werd gekeeld. Ik was zelf nog een meisje en in de kerstvakantie logeerde ik een paar dagen bij Henny Hoenderdos, die buiten de stad op een boerderij woonde. In de kale takken van een boom hing een soort sponzig, doorzichtig kussen: de nageboorte van een veulen. Hij en zijn zusje moesten met allebei hun armen de kalkoen vasthouden, zijn vader trok de kop omhoog, en met een kort, breed mes sneed hij bedachtzaam de hals door, zoals men een dik touw doorsnijdt. Daaruit spoten toen straaltjes op, maar veel hoger dan de andere twee keren, een bloedfonteintje.

Op dat moment zag ik een verlaten donker grasveld liggen in de late schemering: rechthoekig, aan drie kanten omzoomd door bos, dat al zwart was geworden. Het leek of het een boodschap uitzond, maar die kon ik niet ontcijferen.

En toen gebeurde het.

Ik reed over de weg, zoals ik nu al urenlang deed, – en plotseling klapte er iets om en ik stond stil, terwijl het op hetzelfde moment de weg was die onder mij vandaan werd getrokken met een vaart van honderddertig kilometer per uur. Geschrokken omklemde ik het stuur, mijn ogen op de onder mij wegsnellende weg. Ik begon te zweten, ik probeerde de wagen er op te houden, ik moest remmen maar ik kon de weg niet loslaten om in het spiegeltje te kijken. Voorzichtig minderde ik snelheid, dat wil zeggen die van de weg, en stuurde de vluchtstrook naar mij toe, terwijl ik gepasseerd werd door woedend toeterende automobilisten.

De aarde stond stil. Ik deed de knipperlichten aan en zette

de motor af. Meteen kwamen hitte en stilte naar binnen. Wat was er aan de hand? Ik was moe, ik had een nacht overgeslagen en de hele dag gereden, maar hier had ik nooit van gehoord. Ik keek naar buiten. De cypressen stonden als zwarte kaarsvlammen in de beginnende schemering, boven het provençaalse landschap hing de maan.

Ik kon hier niet blijven. Ik startte, gaf voorzichtig gas, en langzaam zette de aarde zich weer onder mijn wielen in beweging. Ik liet de knipperlichten aan en zorgde dat de vluchtstrook onder mij bleef; zijn snelheid hield ik onder de vijftig kilometer. Na een minuut of tien begon ik een beetje te wennen en voerde het wat op, maar toen werd ik onmiddellijk duizelig.

AVIGNON-*Nord* ↓

Het was duidelijk, dat ik op deze manier niet in Nice kon komen. Ik zou een kamer nemen in Avignon, goed uitslapen en dan was het morgen over. Had ik maar naar de schrijver geluisterd.

Bij de *Péage* brandde één groen licht. Behoedzaam trok ik het naar mij toe en manoeuvreerde de nauwe doorgang om mij heen. Even later gleed links van mij de stadsmuur voorbij en rechts de Rhône: het water leefde, grote, bebladerde takken dreven er in mee, hier en daar stroomde het water in glinsterende stroompjes tegen zijn eigen stroom in. Aan de overkant hing het lover van donkere bomen tot in de rivier. Toen de halve brug naderde, ging links de stadsmuur over in rots, daar zaten holen in met brandende lampjes, er kwam harde popmuziek uit. Ik kan niet zeggen, dat ik de pijlen naar de toeristeninformatie volgde – ik was nog steeds op dezelfde plek in het heelal, waar het mij daarstraks overkomen was. In het binnenste van de aarde zat een onzegbaar ingewikkelde, katholieke machinerie, die aangesloten was op mijn stuur en mijn gaspedaal.

Langzaam gleed de poort op mij af en de stad vouwde zich

om mij heen. Het was druk in de nauwe straten, de winkels waren nog open, nu moest ik ook nog rekening houden met de eigen beweging van mensen, die de bewegende straat overstaken. Toen ik een open plek aan het trottoir zag, scharrelde ik net zo lang tot ik hem onder mijn auto had. Ik besloot mijn koffer te nemen en verder te gaan lopen. Maar toen ik het portier op slot had gedaan en om de wagen heen wilde lopen, moest ik mij onmiddellijk vastgrijpen: het was geen lopen wat ik deed, met mijn voeten bracht ik de aarde aan het rollen, de hele stad draaide om mij heen. Dan ging rijden nog beter. Ik trok de auto weer aan als een ijzeren jas, en na een kwartier kwam ik op het stationsplein, bij het toeristenbureau.

'Voelt u zich niet goed?' vroeg de dame achter de balie geschrokken. Ik moest mij aan alles vasthouden, zoals iemand op het ijs. 'Zal ik een dokter bellen?'

'Doet u geen moeite, het gaat wel weer over.'

'Weet u het zeker?'

'Het is alleen vermoeidheid.'

'Vermoeidheid?' Ongelovig keek zij mij aan.

'Ik heb het wel vaker, het betekent niets.' Ik ging zitten. 'Ik zoek een kamer voor vannacht.'

'Een kamer, een kamer, makkelijk gezegd, alles is vol tot Tarascon. Het is hoogseizoen, er zijn twee congressen in de stad. Een kamer...' zei zij en dacht na. 'Natuurlijk, u moet een kamer hebben. Hebt u bezwaar tegen een kamer bij particulieren?'

'Ik ben met alles blij.'

Doordringend keek zij mij even aan, en nam toen kordaat de telefoon. Terwijl zij het geval aan iemand uitlegde, keek ik naar de drukte op straat. Ik kon mij niet voorstellen, dat er iets met mij aan de hand was, en dat ik dat zou merken als ik één stap verzette.

'Goed. Dag moeder, ik bel nog.' Zij legde de hoorn op het toestel. 'Het is bij mijn moeder, op de Place du Palais. Wat de prijs betreft –'

'Dat is mij om het even. Ik ben u erg dankbaar. Denkt u, dat ik mijn auto hier kan laten staan en een taxi nemen?'

'Uitgesloten.'

'Ik wil liever niet meer rijden.'

'Een ogenblik.' Zij deed een deur open en vroeg aan iemand of hij mij even wilde wegbrengen in mijn wagen, dan kon hij daarna meteen naar huis. En tegen mij: 'We gaan toch dadelijk dicht.'

Nadat zij nog eens gevraagd had of ik werkelijk geen dokter wilde, verscheen een lange man die nog niet oud kon zijn maar toch al een grijze baard had. Hij gaf mij een arm, zodat ik alle naderende obstakels makkelijk kon ontwijken. Terwijl hij nu en dan wat zei in een dialect, dat ik moeilijk kon verstaan, overwon hij met groot gemak de lange, drukke straat, omzeilde een plein dat vol zat met dinerende mensen, en ontweek nauwkeurig de wanden van een nauwe doorgang, waarna wij stoppen moesten bij het mateloze gat.

Aan zijn arm, in zijn andere hand mijn koffer, leidde hij mij naar mijn nieuwe adres. Hij belde aan en zei, dat hij de auto aan de overkant van het gat zou parkeren; de sleuteltjes gooide hij dan nog in de brievenbus.

Toen werd de deur geopend door een oude dame, helemaal in het zwart.

Een paar dagen na Sylvia's vertrek naar Engeland begon ik weer aan een brief aan mijn moeder.

'*Lieve mama!*

Het is natuurlijk onvergeeflijk, dat ik nu pas schrijf na wat er in mei gebeurd is. Maar intussen zijn er weer zoveel andere dingen gebeurd. Om te beginnen moet ik je om vergiffenis vragen voor de leugens, waarmee ik je toen om de tuin probeerde te leiden. Al of niet terecht probeerde ik je te sparen, maar je had meteen in de gaten dat er iets niet klopte, en toen werd alles definitief in het honderd gestuurd door mijn vriendin, die ik voor je probeerde te verbergen. Het is sinds kort uit met haar, daarom kan ik er nu over praten.'

Moest ik ook vertellen, dat zij nu met Alfred was, haar gewezen schoonzoon? Kon ik dat van haar vergen, of moest ik haar weer sparen, dingen verzwijgen en de zaak verdraaien?

Weer werd het niets met de brief.

Ik gebruikte de rest van het papier, en de achterkant, om mijn handtekening te veranderen. Daar had ik al sinds een paar weken behoefte aan. Natuurlijk was hij in de loop van de jaren niet dezelfde gebleven, maar dat was alleen te zien met lange tussenruimten. Alleen als meisje had ik hem een keer of drie radicaal omgegooid; de laatste variant had ik aangehouden en die had zich ontwikkeld tot een snelle arabeske in de vorm van een vliegende vogel. Nu had ik weer behoefte aan iets leesbaars, iets schools desnoods. Natuurlijk zou ik ook de oude moeten aanhouden, want die was geregistreerd bij de bank, die stond op de identiteitskaart van mijn betaalcheques en in mijn paspoort.

Ook ging ik naar de kapper en liet mijn haar kortknippen.

'Mevrouw, het is natuurlijk uw zaak, maar weet u heel zeker dat het er af moet?'

'Dat weet ik heel zeker.'

'U weet toch, dat u het misschien nooit meer zo lang zult kunnen krijgen?'

'Dat weet ik.'

'Ik wil u eerlijk bekennen, dat het aan mijn hart gaat. Uw haar is een levenswerk. We krijgen hier dames, die er alles voor zouden geven om zulk haar te hebben.'

'Verkoopt u het dan maar aan ze.'

'Wilt u er ook geen pruik van gemaakt hebben?'

'Ik wil het niet meer zien, het moet er af, en wel meteen.'

'Zoals u wilt. Het is in een wip gebeurd. Maar voor alle zekerheid zal ik het toch maar een paar weken bewaren.'

En verder ging ik naar de dokter.

Ik was altijd mager geweest, en nu toch vijf kilo afgevallen; ook de duizelingen begonnen mij te hinderen. Als ik 's morgens uit bed kwam, sloeg ik soms in dezelfde beweging tegen de kast. De dokter had het gauw vastgesteld: te hoge bloeddruk. Hij stuurde mij naar een hartspecialist, die foto's maakte, een cardiogram en mij in het ziekenhuis een grote fles en een zak zout liet halen. Dat moest ik eten en gedurende een etmaal mocht ik alleen in die fles plassen. Daarna moest ik weer soeplepels zout eten en mocht niets meer drinken; toen ik totaal was leeggelopen, werd ik in het ziekenhuis in een machine zo groot als een kamer geschoven. Maar ook mijn nieren bleken in orde: ik had een essentiële hypertensie.

'Wees blij, dat we u gevangen hebben, mevrouw. Met een zoutarm dieet en wat tabletjes krijgen we het best omlaag. Dat zullen we eens precies uitkienen.'

'Hoe kom je aan zoiets?'

Melancholisch toonde hij zijn handpalmen.

'Niemand die het weet.'

Tussen honderden jonge mensen ging ik toen op een zaterdagmiddag op de treden van het monument op de Dam zitten – tegenover Krasnapolsky, waar zij gewoond hadden. Daar vroeg ik mij af, hoe het nu verder moest in mijn leven. Sylvia zat in Londen en liep op haar tenen, want haar minnaar schreef een boek over de invloed van theaterconventies op het theater; 's avonds ging zij met hem naar de schouwburg en 's nachts met hem naar bed. Ik kon twee dingen doen: de rest van mijn leven in celibaat blijven en kerken oprichten waar zij ooit gestaan of gezeten had – of haar met geweld afschrijven, mijn leven verder leven en nu en dan aan haar terugdenken als aan een onvergetelijke voorstelling, die ik had mogen bijwonen. Ik wist al wel dat ik dat laatste zou kiezen, misschien al gekozen had, – dat ik mij heel ver liet gaan, tot ik ten slotte in afzichtelijke, okerkleurige machines terechtkwam, maar dat daarmee dan ook de harde pit van mijn zachte wezen was bereikt. Wat dat betreft was ik een perzik.

Nog geen half jaar had het geduurd: in februari hadden wij naast elkaar voor de gouden uil gestaan, nu was het augustus. Ik zag die tijd ruimtelijk vóor mij, zoals ik altijd het jaar in de ruimte zie. Het is een grote figuur in de vorm van een ei, ik schat zeventig meter lang en veertig meter bij zijn grootste breedte. In de loop van het jaar beweeg ik mij langzaam op die lijn voort, met de wijzers van de klok mee. De maanden beslaan ongelijke segmenten: bijna de hele stompe onderkant wordt ingenomen door december, iets voorbij de spitse kant ligt augustus. Vanaf januari kijk ik steeds in de richting van de top, maar bij augustus draai ik mij plotseling om en kijk in de richting van december. Dat was niet alleen dit jaar zo, het is ieder jaar zo. Nu ik het opschrijf realiseer ik mij plotseling, dat ik er nooit met iemand over heb gesproken. Misschien is het wel heel eigenaardig en zou een ander zelfs niet begrijpen, waar ik het over heb.

Toen Henny Hoenderdos langs het paleis was verdwenen, moest ik naar de wc van irritatie. Ik liep Krasnapolsky binnen en werd door pijlen naar het souterrain gestuurd. Daar ging ik zitten in een smal toilet, waaruit de hitte mij tegensloeg. Achter de muren dreunde het, blijkbaar werd de centrale verwarming gecontroleerd, een dikke, loodrechte buis was gloeiend; heel hoog was een raampje, dat vermoedelijk in een steeg uitkwam. Terwijl ik mij leegde in die warmte, voelde ik mij zo behaaglijk alsof ik weer in mijn moeder zat.

Ik begon mij weer een beetje thuis te voelen in de wereld. 's Morgens las ik de krant en keek in de agenda wat er te doen was in de stad. Niet dat ik ergens heen ging, maar wel liep ik tussen de middag soms weer een boekhandel binnen. In een winkel in de Spiegelstraat werd ik getroffen door een plaatwerk van Gustave Moreau en ik kocht het.

's Avonds las ik bij het open raam de inleiding. Huysmans werd geciteerd, die in zijn roman *A Rebours* de Salomé van Moreau had beschreven: *'Zij is vrijwel naakt. In de duizeling van de dans zijn de sluiers losgeraakt, het brokaat is op de grond gegleden en alleen nog edelsmeedwerk en doorzichtige juwelen bedekken haar lichaam. Als een groot slot vonkt en schittert een wonderbaarlijke edelsteen in de spleet tussen haar borsten.'* Dat waren de woorden, die Oscar Wilde in de gevangenis voor zich uit prevelde als hij niet slapen kon: 'Als een groot slot vonkt en schittert een wonderbaarlijke edelsteen in de spleet tussen haar borsten... Als een groot slot vonkt en schittert een wonderbaarlijke edelsteen in de spleet tussen haar borsten...' Waarom? Ik herinner mij dat ik het boek weglegde en uit het raam leunde. Wat was er aan de hand met die zin? Het waren toch beslist geen vrouwen waarnaar Wildes gedachten daar uitgingen als hij niet slapen kon. Opeens wist ik het. Die borsten met hun spleet waren twee jongensbillen, en het flikkerende juweel er tussen was de anus! Het was de kont van Lord Douglas!

Ik weet nog dat ik lachte – en terwijl ik lachte, zag ik voor de deur een taxi stoppen en Sylvia stapte er uit. Zij keek meteen naar boven en zwaaide uitgelaten, met allebei haar armen.

'Sylvia!' schreeuwde ik.

'Laura!'

Op hetzelfde moment was ik dronken. Ik tolde de kamer door en de trap af. 'O god,' zei ik. 'O god. O god.' Ik hoestte omdat ik op de top van mijn stem had geschreeuwd.

Buiten vloog zij meteen in mijn armen en kuste mij en begon met mij rond te springen.

'Sylvia, Sylvia, wat is dit?' Ik was schor geworden, ik kon alleen nog fluisteren.

De chauffeur zette een grote koffer en een tas op de stoep; met een elleboog op het dak van zijn auto installeerde hij zich in een pose van oneindig geduld.

'Dat ga ik je vertellen,' zei Sylvia en rekende met hem af. Zij droeg een wijde, witte katoenen jurk tot bijna op de grond.

Met de koffer liep ik achter haar aan de trap op. Ik wist de weg niet meer in de wereld. Hier bracht ik haar koffer de trap op. Daar waren haar blote voeten. Niets van alles wat er gebeurd was, begreep ik nog. Was het wel gebeurd?

In de kamer draaide zij zich om, spreidde haar armen en zei:

'Ik ben zwanger.'

Ik verstarde.

'Ik ben zwanger,' zei zij weer. 'Dat wilde je toch? Je wilde toch een kind van me hebben?' Zij legde haar handen op haar buik. 'Ik kom het je brengen.'

Nog even bleef ik staan, toen kon ik niet meer. Ik liep naar haar toe en liet mij met haar op de bank vallen. Ik weet niet hoe lang ik daar gelegen heb en met wijd open ogen in het kussen staarde om het tot mij door te laten dringen.

'Je hebt je haar laten knippen,' zei Sylvia ten slotte. 'Heb je het bewaard?'

Ik richtte mij op.

'Van Alfred?'

'Van jou.' Zij kuste mij. 'Via Alfred.'

Ik nam haar gezicht in mijn handen.

'Is dat van het begin af je bedoeling geweest, Sylvia?'

'Natuurlijk,' zei zij op een toon van vanzelfsprekendheid: hoe ik ooit anders had kunnen denken.

'Waarom heb je het mij niet gezegd?'

'Alsof je het dan goed gevonden had. Waarom fluister je aldoor?'

Ik bleef in haar ogen kijken, in dat onschuldige, wrede geheim.

'Ik moet iets drinken,' zei ik en stond op.

In de keuken nam ik de fles champagne uit de ijskast en bleef er mee in mijn handen staan. Het was of mijn hersens niet meer wilden werken. Alles wat er gebeurd was, had iets anders betekend: het was niet gebeurd, er was iets anders gebeurd. Het was allemaal voor mij geweest. Mijn ellende was de prijs die ik had moeten betalen voor het kind, dat ik wilde hebben, de plaatsvervangster van de barensnood, de weeën, het inscheuren.

'Je moet de ijskast niet open laten staan.' Zij deed de deur dicht en sloeg haar handen om mijn hals. 'Ben je blij?'

Zij vroeg het alsof zij mij een armband had gegeven, of een mooi boek.

'Ja,' zei ik.

'Nu blijf ik voorgoed bij je.'

'Ja,' zei ik weer. 'Natuurlijk ben ik blij. Ik kan het alleen nog steeds niet helemaal –'

'Geef mij die fles maar.'

Toen ik met de glazen in de kamer kwam, had zij haar jurk opgestroopt en de fles tussen haar knieën genomen. De kurk knalde tegen het plafond en een dikke straal schuimde tussen haar benen omhoog. Snel hield ik de glazen er onder.

'Op ons kind!' Zij hief haar glas en wij klonken. Nadat zij een grote slok had genomen, zei zij: 'Ik hoop dat het een jongen wordt. Jij?'

'Ik vind alles goed.'

'Waarom huil je?'

'Huil ik?' Ik voelde aan mijn wang, die was nat van tranen. 'Ja,' zei ik, 'ik huil.'

'Je moet niet huilen. Wat valt er te huilen?'

'Het komt omdat ik het nog steeds niet bevatten kan.'

Sylvia zette haar glas neer.

'Ik ga vast uitpakken,' zei zij en hurkte bij haar koffer. Voor haar was de zaak afgedaan.

'Wacht even, je moet me toch nog van alles vertellen.'

'Wat dan?'

'Weet Alfred hiervan?'

'Ik heb een briefje voor hem neergelegd.'

'Een briefje? Hoe bedoel je?'

'Hij moet het toch weten!'

'Ja, maar... Kom je nu uit Londen?'

'Allicht, ja. Drie dagen geleden dacht ik dat het zo ver was en heb ik het laten onderzoeken. Vanochtend kreeg ik de uitslag: het was zo. Toen heb ik meteen gepakt en een briefje voor Alfred neergelegd, waarin ik het hem vertelde. En dat ik naar jou terugging. Hij zat op de bibliotheek van het British Museum.'

'Dus vanmiddag kwam hij thuis –'

'En toen zal hij het briefje wel gevonden hebben.'

Ik zette mijn glas neer en nam haar handen in de mijne.

'Sylvia,' zei ik, 'dit kan absoluut niet zo.'

'Wat niet?'

'Dat je een kind van hem krijgt en een briefje neerlegt.'

'Waarom niet? Ik ben toch zeker niet met hem getrouwd. Ik gebruik de pil al in geen half jaar meer. Ik heb niet geschreven, dat ik een kind van *hem* krijg, maar alleen dat ik zwanger ben. Ik kan altijd zeggen, dat ik daar in Londen met allerlei vogels naar bed ben geweest, terwijl hij zat te werken. Dat kind is helemaal niet van hem, dat kind is van jou. Als het een jongen wordt noemen we hem Thomas.'

‘We moeten hem opbellen,’ zei ik. ‘We moeten dit met ons drieën uitpraten.’

Verontwaardigd keek zij mij aan.

‘Waarom neem je het zo voor hem op? Daar heb je nogal reden voor.’

‘Hij heeft zijn vrouw en zijn kinderen voor je in de steek gelaten, Sylvia.’

‘Dat moet hij weten, ik heb hem niet gedwongen.’

Ik was ongerust en onzeker. Het was bijna geen mensenwerk meer, wat zij deed.

‘Had maar liever niets geschreven,’ zei ik. ‘Over negen maanden had hij dan al lang weer bij Karin gezeten en mij uitgelachen omdat jij met een dikke buik liep.’

Op dat moment ging de telefoon.

‘Dat is ’m,’ zei Sylvia. ‘Niet opnemen.’

‘Natuurlijk neem ik op. Hoe eerder dit geregeld is, hoe beter. – Hallo?’

‘Laura? Ben jij dat?’

‘Ja.’

‘Met Alfred. Is Sylvia bij jou?’

‘Ja.’ Tijdens het hele gesprek wendde ik mijn ogen niet van Sylvia af.

‘Heeft ze het je verteld?’

‘Ja.’

‘Ik versta je bijna niet, je stem klinkt zo zacht. Luister goed. Ik ben heel rustig. We moeten dit uitpraten.’

‘Dat vind ik ook.’

‘Ik heb een hele tijd nagedacht eer ik belde. Als ze echt bij jou terug wil in de toestand, waarin ze nu is, dan begrijp ik dat, maar ik moet er over praten. Het is tenslotte mijn kind.’

‘Volgens Sylvia is dat niet zeker,’ zei ik.

Het was even stil.

‘O. Ik wil er nog een nacht over slapen en dan kom ik morgenochtend naar Amsterdam.’

'Zeg maar hoe laat.'

'Ik heb al geboekt voor het toestel van negen uur. Dan ben ik om een uur of elf, half twaalf bij jou.'

'Goed.'

'Maar ik wil haar eerst alleen spreken, als je het goed vindt. Dat moet je begrijpen.'

'Ik heb het eerder begrepen dan jij, Alfred.'

'En laat het alsjeblieft nog niet aan Karin weten.'

'Nee. Wil je haar nu nog aan het toestel?'

Sylvia keek op uit het boek van Moreau, dat zij van de tafel had genomen, en schudde heftig haar hoofd.

'Morgen. Ga gewoon naar je werk. Als je tussen de middag thuiskomt, kunnen we met ons drieën nog praten en dan ga ik weg. Je zult geen last van me hebben, ik heb mij er al bij neergelegd. Ik weet wat voor vrouw zij is. Tot morgen.'

'Tot morgen.' Ik legde de telefoon neer. 'Hij komt morgen om elf uur hier.'

Sylvia haalde haar schouders op en sloeg met een harde klap het boek dicht.

'Je moet het voor mij doen,' zei ik hees.

De hele avond bleef ik fluisteren. Toen de champagne op was, gingen wij in de stad dineren. Ik was opgelucht, dat het zo gauw met Alfred in orde zou komen. Ik verdacht hem er van, dat hij eigenlijk blij was met deze wending; na een paar uur had hij zich al er bij neergelegd, dat was aan de vlugge kant. Vermoedelijk verlangde hij al lang terug naar zijn twee zoontjes en zijn vrouw, – vooral omdat hij nu toch bezig was aan zijn boek. Ik kende hem wel zo'n beetje. Hij was iemand die over intellectuele zaken moest kunnen praten. Met mij had dat gekund, met mijn halve studie kunstgeschiedenis, Karin had rechten gestudeerd, maar Sylvia wist nog niet het verschil tussen Sofokles en Beckett, aangezien zij niet wist wie Sofokles was noch wie Beckett is. Mij kon het niet schelen of zij dat wist, ik kende de onaangenaamste mensen die het wisten. Ik hield van haar om wie zij was.

'Dit is net zo'n restaurant als in Londen, waar ik wel eens met Alfred kwam,' zei zij opgetogen toen wij in het gelige licht zaten, aan het witte linnen, met het zware bestek. Om haar hals hing de groene scarabee nog.

Ik kon nog steeds niet geloven, dat zij daar werkelijk zat: Sylvia, lijfelijk tegenover mij. Ik keek naar haar zoals een goudzoeker naar de onschatbare klomp, die hij uit het rivierzand heeft opgedolven. Ik weet nauwelijks nog wat wij aten en dronken, in mijn herinnering kan ik die avond alleen vergelijken met de dag van onze ontmoeting – maar het was donkerder, ongrijpbaarder. Zij was zwanger. Zij had gevraagd of ik een kind van haar wilde hebben, ik had ja gezegd, en zij had er voor gezorgd langs een meedogenloze omweg, – op een manier, die ik tot nu toe alleen kende uit de politiek.

'Zullen we dansen?'

We waren in een grote, volle discotheek met wanden van gepolijst staal en witte, kunstleren banken. Het publiek was jong, voornamelijk surinaams en indonesisch. Op de dansvloer gingen gekleurde schijnwerpers uit en aan en in het daverend geweld van de muziek wilde ik haar smalle hiëroglyfenlichaam in de wijde jurk in mijn armen nemen, maar zij maakte zich los en danste op de geïsoleerde manier die bij die muziek hoort, op blote voeten.

Aan de bar dronk zij gin fiz. Dat was van Alfred afkomstig. Ik moest aan hem denken, hoe hij nu in zijn londense kamer op en neer liep. Ik zag op tegen het gesprek van morgenochtend. Die middag, in hotel Hannie, dacht ik dat ik voor het laatst tegenover hem had gezeten, maar nu kwam er nog een keer. Ik had medelijden met hem, zoals hij dat met mij had gehad, maar tegelijk voelde ik iets van triomf. Hij bestond helemaal niet. Hij was alleen gebruikt voor een soort kunstmatige inseminatie.

Sylvia legde haar hoofd op mijn schouder. Iedere keer als ik haar weer voelde, of als ik ergens anders naar gekeken had en dan weer naar haar keek, was er een vlaag van verbijstering dat zij er werkelijk was. Nog steeds was het stalen brandscherm tussen mij en de feiten niet opgehaald. Toen ik in mijn tas naar mijn aansteker zocht, voelde ik het flesje met de tabletten voor de bloeddruk. Zou dat nu ook opeens in orde zijn? Nee, dat zou voorgoed zo blijven, zoals een vrouw na de geboorte van haar kind voorgoed slappe borsten heeft. Of betekende het, dat er in mij een wrok jegens haar zou blijven zitten? Een wrok, die plotseling te voorschijn zou komen als wij heel ergens anders herrie over hadden, zodat elke onbenullige ruzie de dreiging van een verschrikkelijke krach in zich zou dragen?

'Ja, hoe doen we dat nu?' vroeg Sylvia.

Zij had haar jurk uitgegooid, en alleen in haar broekje en een bh, een glas pils in haar hand, had zij een rondgang door de kamers gemaakt. Haar haren zaten in de war, zelf had ik ook te veel gedronken. Ik lag op de bank, maar niet alleen uitgeput van het drinken.

'Wat?'

'De kinderkamer. Waar moet die komen?'

De kinderkamer. Natuurlijk. Die moest er komen. Ik stond op om een andere plaat op te zetten.

'Daar kunnen we mijn werkkamer voor nemen.'

'Ja, dan laten we die behangen en witten, en we kopen een wieg en een commode. Maar waar moet jij dan werken?'

'Boven is nog een zolder.'

'Die heb ik nooit gezien. Laat eens kijken.'

'Denk je dat we de trap nog op kunnen?'

De trap was eigenlijk meer een ladder, heel steil en smal. Zelf was ik sinds jaren niet boven geweest; omdat er geen elektriciteit was, nam ik een kaars mee. Wij passeerden de derde verdieping, die van de buren was en alleen door de andere voordeur bereikt kon worden, en kwamen op de donkere, onoverzichtelijke zolder. Overal waren kapotte houten muren van kamertjes, waarin mensen hadden gewoond in de loop der eeuwen, – sommige met raampjes, waarvan het glas in scherven was; onder onze voeten knisterden de planken van het kolengruis. Hier en daar stonden verstofte koffers, waarin nog papieren van mijn vader zaten, een gebarsten bidet en een ouderwetse linnenkast van mijn moeder, met een spiegel in de deur. Scheef aan een spijker hing een ingelijste reproductie van *De oude Koning* van Rouault, die in Alfreds studeerkamer boven de schoorsteen had gehangen. Het was warm en bedompt.

'Opgelet!' zei ik.

Ik trok de stang voor een houten luik vandaan en gooide het open.

Onder de sterren lag Amsterdam. Wij keken elkaar aan – toen namen wij elkaar in onze armen en stonden een tijdje roerloos tegen elkaar.

'Wacht,' zei ik, toen zij mij op de grond wilde trekken.

In mijn ene hand had ik nog steeds de kaars; ik zette hem op de vensterbank en deed de linnenkast open. Ik trok er iets uit, een of ander lang, wit geval, en legde het op de grond. Daarop hadden wij elkaar lief, maar anders dan vroeger, – ontspannener, zonder de scherpe tik in het achterhoofd, want wij waren nu immers met ons drieën. Ik legde mijn oor tegen haar buik, zij legde teder haar handen op mijn hoofd en mijn wang.

'Hoor je wat, vader?' vroeg zij.

'Sylvia,' zei ik en richtte mij met een soort lachje op. 'Schrik jij nergens voor terug?'

Toen Alfred bij Sylvia moest zijn, de volgende ochtend om half twaalf, kon ik niet meer aan het werk blijven. Het raam van mijn kamer in het museum zag uit op het soort gazon, dat generaties nodig heeft om zo te worden als het is. Aan het eind er van stond het achttiende-eeuwse prieel, waarin de oude Zinnicq Bergmann 's middags placht te lezen. Ik staarde er naar en vroeg mij af of het mogelijk was, dat zij zich door hem liet bepraten. Dat ik straks een briefje op tafel zou vinden, waarin stond dat zij inzag, het slachtoffer van een illusie te zijn geweest, dat zij in het belang van het kind naar Alfred terugging, aangezien een vrouw toch nooit een vader kon vervangen. Het leek mij uitgesloten. Iemand, die zo niets ontziend als zij haar wil had doorgezet, liet zich niet bepraten. Aan de andere kant hield ik alles voor mogelijk bij haar. Misschien besloot zij om zowel van mij als van hem af te zien, om zelf zowel de vader als de moeder van haar kind te worden. Of misschien zou de hele affaire haar plotseling tegenstaan, zij zou het kind weg laten maken en voorgoed uit ons leven verdwijnen.

Met geweld zette ik die gedachten van mij af. Ik nam een vel papier en schreef:

'Lieve mama!
Ons leven is een prop papier, waar de kat mee speelt. Het ene moment liggen we in deze hoek, het volgende in die, en achteraf blijkt dat we ons ook daarin hebben vergist, dat we zelfs niet

wisten in welke hoek we eigenlijk lagen. Hoe jouw leven is verlopen, weet ik natuurlijk alleen van de buitenkant, maar ik geloof dat het alles bij elkaar rustig en planmatig was. Dat pappa te vroeg stierf was natuurlijk verschrikkelijk, maar daar heb je je flink doorheen geslagen, waardig als een dame van de oude stijl, en zo zit je nu ook in Nice. Maar juist omdat je dat bent, ontstonden de moeilijkheden, want met mij is het anders gegaan. Ik ben getrouwd en gescheiden, en daarna heb ik een meisje ontmoet. Toen in mei geloofde ik oprecht, dat ik er het beste aan deed wanneer ik je beloog, maar mijn vriendin stuurde dat in het honderd, al was het haar bedoeling niet. Zij had je kleindochter kunnen zijn, zij heeft geen idee van wat jij nog vertegenwoordigt. Ik vertegenwoordig het ook niet, maar ik weet althans nog waar het over gaat. Ik weet het, ik schrijf verward. Dat komt doordat ik nog steeds midden in allerlei toestanden zit, maar ik geloof dat die nu binnenkort zijn afgelopen. Dan komen er weer andere toestanden, maar die zal ik ook wel de baas worden.

Ik zal je er niet mee lastigvallen. Ik hoop alleen één ding: dat deze idiote situatie tussen ons niet langer voortduurt. Ik zou graag willen, dat je mijn excuses aanvaardt. Dan kom ik meteen naar Nice, zodat –'

De telefoon ging. Ik dacht onmiddellijk aan Sylvia.

'Ja?' Ik had nog steeds mijn stem niet helemaal terug.

'Spreek ik met museum Zinnicq Bergmann?' – een mannenstem.

'Ja, met wie?'

'Is mevrouw Tinhuizen aanwezig?'

'Daar spreekt u mee.'

'Mevrouw Tinhuizen, met de politie.'

'De –'

'Mevrouw, er is een ongeval gebeurd.'

'Een ongeval?' stamelde ik. 'Met wie?' Maar ik wist het al.

'Met uw huisgenote. We kennen haar naam niet.'

'Wat is er met haar?'

'Ze is ernstig gewond, mevrouw. Er is een wagen onderweg om u te halen.'

'Wat is er gebeurd!' Op dat moment hoorde ik aan de voorkant de sirene van een naderende politieauto. 'Ik kom!' riep ik schor, liet de hoorn op het bureau vallen en rende naar beneden. Meneer Roebljov zat bij het gastenboek, hij nam zijn bril af en stond op, maar ik was al buiten.

Op het dak stond het blauwe zwaailicht aan. Een agent hield de deur open als een taxichauffeur, stapte snel in en wij reden weg. Ik rukte aan zijn epauletten.

'Wat is er gebeurd, wat is er gebeurd?'

'Ik zou het u niet kunnen zeggen, mevrouw,' zei hij rustig en maakte zich los. 'We hebben alleen opdracht om u te halen. Over de mobilofoon. Verder weten we ook niks.'

Ik liet mij achterover vallen. Natuurlijk kon het niet goed gaan, natuurlijk kon het niet goed gaan, hij had haar geschopt en geslagen, de trap af gegooid, ik had gisteren meteen met haar moeten vluchten, en met ons kind, onderduiken, het land uit. De sirene loeide, huizen, straathoeken, de stad schoot voorbij, links en rechts het gegier van remmende auto's. Voor mijn huis stonden nog meer politieauto's, en een ambulance. Er was een oploop.

'Dat heb je van die smeerlapperij!' riep mijn buurvrouw, toen ik naar de open deur rende. 'Vuilak!'

Boven was het vol rechercheurs en agenten in uniform.

'Waar is ze?'

'Mevrouw –' zei een man in burger op de gang en hield mij tegen.

Maar ik was al in de kamer. Ik bleef staan. Ik zag meteen dat ze dood was. Zij lag half op de bank, half op de grond, als de neergestorte Nikè van Samothrake. Haar halve gezicht was verdwenen onder het bloed, haar witte jurk gescheurd en rood geworden. De bank, het tapijt, de tafel, het boek van Moreau, alles was bespat met bloed. Haar ene hand was verdwenen in de flarden en het bloed bij haar buik. Wat van haar gezicht nog te zien was, stond vertrokken in die kwelling.

Er werd een stoel onder mij geschoven.

'Herkent u het slachtoffer, mevrouw Tinhuizen?'

Ik knikte.

'Woonde ze bij u op kamers?'

Ik knikte.

'Een liefdesgeschiedenis, lijkt ons. Ze is getroffen in haar hoofd, haar hart en haar buik. Het schot in haar hart was dodelijk.'

Ik knikte en keek naar de champagnekurk, die bij het raam op de grond lag.

'Kent u de vermoedelijke dader? Hij heeft ons zelf gebeld, maar verder heeft hij alleen gezegd, waar u te bereiken was. Hij verkeert in een shock.'

Een vinger wees naar mijn werkkamer. Ik draaide mijn hoofd opzij en zag Alfred: snel liep hij in steeds dezelfde lus, met openhangende mond, zijn armen slap omlaag. Op mijn bureaustoel zat een agent, zijn pet op mijn vloeiblad.

'Alfred Boeken. Mijn ex-man.'

'O. Pardon. Wij zullen u nu verder niet lastigvallen, mevrouw. Alleen nog de naam van het meisje, alstublieft. Wij moeten de ouders op de hoogte stellen.'

'Sylvia. Sylvia Nithart uit Petten.'

'Dank u, mevrouw. Dat was het.'

De oude dame in het zwart heeft gezegd, dat ik zo lang kan blijven als ik wil. Hoe lang wil ik blijven? Ik ben hier nu een week, ik had mijn moeder al lang moeten begraven, maar ik heb niets meer van mij laten horen. Vanmiddag heb ik toegekeken hoe aan de overkant mijn auto door de politie werd opgetakeld en weggesleept. Ik heb niets ondernomen. Ook kan ik weer aardig lopen, zoals een circusbeer op een bal.

Hoe lang wil ik blijven? Ik heb niets meer te melden. Van de ene dode ben ik naar de andere gereisd. Sylvia ligt stil in haar graf in de duinen, ons kind begraven in haar. In Nice ligt mijn moeder gebalsemd in een kelder op mij te wachten. In Amsterdam zit Alfred in een cel; hij zal tijd in overvloed hebben voor zijn boek over het theater. In de kamer achter de mijne scharrelt de oude dame, tegenover mij staat het pausenpaleis; loodrecht onder mijn raam gaapt het gat als een wachtend graf.

Ik kan eerder beneden zijn dan de echo van mijn schreeuw terug is van het paleis.

Lingueglietta, mei-juni 1975

BOEKEN VAN HARRY MULISCH

POËZIE
Woorden, woorden, woorden, 1973
De vogels, 1974
Tegenlicht, 1975
Kind en kraai, 1975
De wijn is drinkbaar dank zij het glas, 1976
Wat poëzie is, 1978
De taal is een ei, 1979
Opus Gran, 1982
Egyptisch, 1983
De gedichten 1974-1983, 1987

ROMANS
archibald strohalm, 1952
De diamant, 1954
Het zwarte licht, 1956
Het stenen bruidsbed, 1959
De verteller, 1970
Twee vrouwen, 1975
De Aanslag, 1982
Hoogste tijd, 1985
De ontdekking van de hemel, 1992
De Procedure, 1999
Siegfried, 2001

VERHALEN
De kamer, 1947 (in *Mulisch' Universum*, de romans)
Tussen hamer en aambeeld, 1952
Chantage op het leven, 1953
De sprong der paarden en de zoete zee, 1955
Het mirakel, 1955 (uitgebreide druk 2020)
De versierde mens, 1957
Paralipomena Orphica, 1970
De grens, 1976
Oude lucht, 1977
De verhalen 1947-1977, 1977
De gezochte spiegel, 1983
De pupil, 1987
De elementen, 1988
Het beeld en de klok, 1989
Voorval, 1989
Vijf fabels, 1995
De verhalen, 2000
Het theater, de brief en de waarheid, 2000
Vonk (fragment), 2002
Anekdoten rondom de dood, 2004

THEATER
Tanchelijn, 1960
De knop, 1960
Reconstructie, 1969 (in samenwerking met Hugo Claus e.a.)
Oidipous Oidipous, 1972
Bezoekuur, 1974
Volk en vaderliefde, 1975
Axel, 1977
Theater 1960-1977, 1988

STUDIES, TIJDSGESCHIEDENIS, AUTOBIOGRAFIE, ETC.
Manifesten, 1958
Voer voor psychologen, 1961
De zaak 40/61, 1962
Bericht aan de rattenkoning, 1966
Wenken voor de Jongste Dag, 1967
Het woord bij de daad, 1968
Over de affaire Padilla, 1971
De Verteller verteld, 1971
Soep lepelen met een vork, 1972
De toekomst van gisteren, 1972
Het seksuele bolwerk, 1973
Mijn getijdenboek, 1975
Het ironische van de ironie, 1976

Paniek der onschuld, 1979
De compositie van de wereld, 1980
De mythische formule, 1981 (samenstelling Marita Mathijsen)
Het boek, 1984
Wij uiten wat wij voelen, niet wat past, 1984
Het Ene, 1984
Aan het woord, 1986
Grondslagen van de mythologie van het schrijverschap, 1987
Het licht, 1988
De zuilen van Hercules, 1990
Op de drempel van de geschiedenis, 1992
Een spookgeschiedenis, 1993
Twee opgravingen, 1994
Bij gelegenheid, 1995
Zielespiegel, 1997
Het zevende land, 1998
Moderne atoomtheorie voor iedereen, 2002
Opspraak, 2010

POSTUUM UITGEGEVEN
De tijd zelf, 2011 (onvoltooide roman)
Logboek: het ontstaan van De ontdekking van de hemel *1991-1992,* 2012 (bezorgd door Arnold Heumakers en Marita Mathijsen)
De ontdekking van Moskou, 2015 (onvoltooide roman, bezorgd door Arnold Heumakers en Marita Mathijsen)